Cornelia Roffler
Eigentlich gut

Cornelia Roffler

EIGENTLICH GUT

Geschichten

Unterstützt von SWISSLOS/Kulturförderung,
Kanton Graubünden

Cornelia Roffler, geboren 1971, aufgewachsen im
bündnerischen Trimmis, wohnhaft in Küsnacht am
Zürichsee, ist Mutter von drei Buben und arbeitet,
seit sie denken kann, bei einer Bank.
Sie schreibt über Frauen und Männer im besten Alter
und findet Inspiration bei ihren Freundinnen und
dem Alltag. *Eigentlich gut* ist nach *Frauen in unverwechselbaren Jahren* (2021) ihr zweites Buch.

«Fließt es über sieben Stein,
ist es wieder rein.»
Sprichwort aus dem Mittelalter

Inhalt

Matinee

«Das Bild des Künstlers Malevich heißt *White on white* und stammt aus der Suprematismus-Bewegung. Wir haben es vom Museum of Modern Art aus New York ausgeliehen, und es scheint sich bei uns sehr wohlzufühlen; auf jeden Fall zieht es viele Besucherinnen und Besucher an. Lasst euch jetzt ganz auf dieses Bild ein und fragt euch, was ihr darauf seht! Ich gebe euch dafür fünf Minuten Zeit!», sagte die Kunstvermittlerin und schaute in die Gruppe mit ca. zwanzig Teilnehmern.

Genau in dieser Gruppe befanden sich auch die unverwechselbaren Frauen, die sich kurz vor Beginn der Matinee in der Eingangshalle des Kunsthauses Zürich trafen. Claudia hatte ihre Freundinnen anlässlich ihres Geburtstages dazu eingeladen. Die Matinee bestand aus einer fünfundsiebzigminütigen Führung und einem anschließenden Apéro im Foyer.

JJ sah auf ihre Uhr. «Fünf Minuten!», dachte sie, «fünf Minuten auf eine weiße Fläche starren!» Sie sah sich in der Gruppe um und fragte sich, ob sie wirklich die Einzige war, die Besseres zu tun hatte. Anscheinend. Denn ihr Blick wurde von niemandem erwidert. Also trat sie etwas unruhig von einem Fuß auf den anderen und drückte den oberen Knopf ihrer Nike-Uhr, die sie am linken Handgelenk trug. Sie fand sofort, wonach sie gesucht hatte.

Monika hätte das Bild nicht sofort zuordnen können. Gut, sie war, während sie in New York gewohnt hatte, auch nicht oft in Museen gewesen. Museen machten sie schnell müde. Doch sie liebte solche Aufforderungen wie jene der Kunstvermittlerin und suchte sich einen Platz, der ihr einen freien Blick aufs Kunstwerk bot. Und dann versuchte sie, ihre Gedanken schweifen zu lassen. Während sie ganz in diese zweidimensionale Fläche eintauchte, sah sie plötzlich Klänge darauf. Jawohl, Klänge. Als sie einen Moment die Augen schloss, hörte sie diese sogar. Beethovens Siebte, Smetanas Moldau. Diese wunderbaren Klänge, die das Bild zum Tönen und ihren Körper ganz leicht und angenehm zum Vibrieren brachte.

Claudia sah zuerst ihre Mama und dann jede ihrer Freundinnen an, bevor sie ihren Blick auf die weiße Fläche richtete. Und obwohl sie sich so schön eingebettet fühlte inmitten ihrer Frauen, dachte sie an Jens, der wohl dasselbe tat wie sie, 1475 km entfernt. In genau diesem Moment fühlte sie sich wie eine Partnerin ohne Beziehung. Vielleicht sogar wie eine Mutter ohne Kinder.

Rose kleidete sich hübsch für diese Matinee. Wäre es nach ihr gegangen, wären ihr Mann Vito und sie von heute bis Sonntag in die Berge gefahren. Doch Vito fand, dass weniger Programm und mehr Ruhe genau das war, was die Familie jetzt brauchte. Also fuhren sie nicht. Sie war einmal mehr die Bedürfnisstärkere in ihrer Ehe, und somit jene, die sich nicht durchsetzen konnte. Das haben die Bedürfnisstärkeren nämlich gemeinsam. Dass sie sich nicht durchsetzen können. Es sind die Bedürfnisschwächeren, die meistens das Sagen haben. Während sie ihren Gedanken nachhing, fiel ihr auf der Donatorentafel ein Name auf, der ihre Vergangenheit plötzlich und unangekündigt aufblitzen ließ. Sie fuhr sich durch ihre gekrausten Haare.

Anita stand in der hinteren Reihe, trug ihre Haare offen, ihre Bluse zugeknöpft und ihren lässigen Jupe wadenlang. Sie hörte der Kunstvermittlerin gerne und aufmerksam zu. Nachdem diese ihre Rede beendet hatte, begann sie gleich damit, die Größe dieses Kunstwerkes in Zentimetern abzuschätzen und es dann zu unterteilen. Zuerst horizontal, dann vertikal. Das tat sie gedanklich so oft, bis sie das weiße Bild mit unzählig vielen kleinen Quadraten vor sich sah. Und darin sah sie ihr Leben. Genau in dieser symmetrischen Unterteilung, die die gelebten und ungelebten Fragmente ihres eigenen Lebens darstellte. Ihr Blick suchte das Weite.

Es mag sein, dass Ruhe Leben anzieht. Aber wenn für Maude etwas zu ruhig war, dann war sie diejenige, die es zu füllen vermochte. Und genau das tat sie auch jetzt. Sie verwandelte diese weiße Fläche gedanklich schnurstracks in eine Leinwand, in eine Bühne. In die Bühne ihres Lebens. Und so lief auf dieser weißen Leinwand ein Film ab, der zeigte, wie ihre Mutter am Morgen am Esstisch die Zeitung las und wie ihr Vater stets gesagt hatte, dass ihm Leute, die nie ins Bistro gingen, suspekt vorkamen. Wie ihre älteren Geschwister sie in die Mitte nahmen, wie sie und Stefan sich im Tessin nähergekommen waren, wie ihre kleine Tochter mit einem gelben Röckchen in der Stube tanzte und wie ihr kleiner Sohn gebannt ihren Geschichten zuhörte. Dieser Film sorgte dafür, dass ihr die Tränen aufstiegen.

Obwohl Anna selten schwarzsah, war ihr das Weiße auf diesem Bild zu viel. Es langweilte sie sogar ein wenig. So schaute sie sich zum Zeitvertreib um, bis ihr Blick an einem ihr unbekannten Mann hängenblieb. Er befand sich geschätzt in den Dreißigern, war etwa gleich groß wie Anna und trug ein ausgewaschenes, schwarzes T-Shirt.

Er wandte sich zu Anna und zeigte mit seiner Hand diskret auf die Kunstvermittlerin: «Ich finde sie eigentlich gut», sagte er leise zu Anna. Worauf Anna ihn keck ansah: «Ich finde sie sogar richtig gut!» Er meinte, ihm seien Frauen mit klaren Meinungen sehr sympathisch, und fragte: «Und das Bild?»

«Das Bild? Ich würde es sicherlich nicht aufhängen, sondern verkaufen», meinte Anna im Flüsterton. Trotzdem hielt er seinen Zeigefinger auf seine Lippen und deutete damit an, dass ihre Unterhaltung wohl die anderen stören könnte. «Was wollen die tun? Uns verhaften?», fragte Anna frech. Jetzt musste er lachen: «Lassen wir's drauf ankommen!»

Annika dachte nicht an anstehende Übersetzungen, auch nicht an Korrektorat-Aufträge und auch nicht an die punktuelle Verwendung des Plusquamperfekts. Nein. Sie schaute die weiße Fläche an und hätte das Bild am liebsten berührt. Indem wir berührt werden, verändern wir uns. Daran glaubte sie. Vor allem seit einer wegweisenden Begegnung, die sie vor einigen Jahren gemacht hatte.

Sie lenkte ihre Aufmerksamkeit zurück aufs weiße Quadrat und sah unwillkürlich die kubischen Bilder von Picasso deutlich vor sich. In wie vielen seiner Kunstwerke versteckte sich ein Instrument? Sie dachte dabei an ein ganz besonderes Instrument. An ein ganz besonderes Bild. Und an einen ganz besonderen Menschen, an den sie schon lange nicht mehr gedacht hatte. Das Bild, das sie im Kopf hatte, verdrängte die weiße Fläche gänzlich und brachte Picassos Werk konkurrenzlos zum Strahlen: *Die elegante Dame mit Saxophon.* Sie schaute sich um, als wollte sie sich vergewissern, dass niemand ihre Gedanken erahnen konnte.

«Ich sehe eine Leere, die Fülle bedeuten könnte. Ich sehe ein Quadrat, das ein Kreis sein könnte. Ich sehe weiß, wo Farben sein könnten. Ich sehe Lärm, wo Frieden sein könnte. Ich sehe mich!» Celines laute Worte erstaunten nicht nur sie selbst, sondern die ganze Gruppe. Eine etwas beklommene Stille breitete sich aus. Die Kunstvermittlerin räusperte sich, bedankte sich für den Beitrag, klatschte dann schnell und fahrig einmal in die Hände und sagte betont beschwingt: «Weiter geht's zum nächsten Kunstwerk!» Celine aber verharrte noch einen Augenblick und spürte plötzlich eine angenehm warme Hand in ihrem Nacken.

Ella fand: «It's time to shine!» Sie trug ihr neues rosarotes Jäckchen und wallende Hosen. Beides online bei Chanel bestellt. Sie war sich nicht ganz sicher, ob dieses neue Outfit passend für eine Matinee war, und wenn sie sich jetzt umschaute, stellte sie mit Genugtuung fest, dass sie etwas overdressed war. Kein schlechtes Gefühl. Prompt wurde sie beim Apéro von einer Unbekannten angesprochen und gefragt, ob sie sich bei der Farbwahl auch nur schlecht hätte entscheiden können. Ella warf ihre Haare in den Nacken und winkte ab: «Ein Albtraum. Ich kann mich nie entscheiden. Nicht nur bei den neuen Chanel-Kollektionen nicht!», sagte sie selbstbewusst und zwinkerte mit dem rechten Auge.

«Sei stark!», flüsterte Andrea zum Kaffee und dachte wie immer, wenn sie von Kaffee sprach, an Sex. Diesmal an die gestrige Liebesnacht mit Paul. Das machte sie manchmal. Dass sie mit Dingen sprach, die ihr nicht widersprechen konnten; entweder waren sie nicht dazu geboren worden oder sie waren schlichtweg feige und unfähig.

Sie trug ein elegantes, knielanges kleines Schwarzes und kombinierte es mit dezentem Schmuck. Sie wollte heute unbedingt die Vorschriften erfüllen, inklusive Kleider, Verkehrs- und Parkvorschriften. Vielleicht sogar übertreffen, denn sie hatte sich diese Woche etwas *on the edge* bewegt. Genau genommen *over the edge*. Genau genommen gestern Abend. Es war ein sehr langer Abend gewesen, an dem es ihr fünfundneunzig Sekunden lang schien, als ob sich alles vereint hätte. Na gut, vielleicht nicht alles, aber das Wesentliche. «Fünfundneunzig Sekunden – das ist schon eine ganze Menge!», befand sie zufrieden und mischte sich unter die Frauen.

Beim Apéro nippte Heather an ihrem Champagner und wartete den Moment ab, in dem sie sich unbemerkt davonstehlen konnte. Nur kurz. Sie stellte ihr Glas auf einem der Hochtische ab, griff beim Weggehen in ihre große Handtasche aus edlem Leder und ertastete ihr Handy. Sie schaute sich kurz um und las die eingegangene Mitteilung mit Herzklopfen: «Und auch im Wissen, dass deine Nachricht, die du mir geschickt hast, richtig ist – richtig für dich –, sie wird mich nicht davon abhalten, dich zu wollen, dich zu begehren und dich jeden Moment zu vermissen. PS: Heute ist immer noch.» Heather strich sich die Haare zurück. Und dann tat sie etwas, was sie wahrscheinlich nicht hätte tun sollen.

Erika Jakober stand inmitten der Frauen und unterhielt sich fröhlich und ungezwungen. Auf dem Weg zur Toilette dachte sie an die Geschichte, als ihre Tochter vor einigen Jahren auf dem Bürkliplatz Blumen gekauft hatte. Die betagte Gärtnerin, die die Blumen verkauft hatte, sagte zu Claudia: «Du bist die Tochter von Erika Jakober». So ähnlich sahen sich die beiden also, dass Claudia von einer Frau erkannt wurde, die sie noch nie zuvor gesehen hatte.

Als Erika im Badezimmer in den Spiegel sah, fragte sie sich, ob es wohl stimmte, dass keine Frau sich anschaute, ohne darin die Züge ihrer eigenen Mutter zu erkennen. Sie ließ den Gedanken jedoch ruhen, prüfte stattdessen ihr Äußeres, lächelte ihrem Spiegelbild einen Moment zu, schob die Brille ins Haar und verließ den Raum. Als sie Richtung Foyer lief, hörte sie ihren Namen: «Erika? Bist du's?» Sie drehte sich um und traute ihren Augen nicht.

Heiße Zeiten

Fast alle unverwechselbaren Frauen saßen nebeneinander in der fünften Reihe der Maag-Halle, während eine Karrierefrau, eine vornehme Dame, eine naive Hausfrau und eine ewige Verlobte die Bühne rockten. *Heiße Zeiten* hieß das Stück, das gespielt wurde.

Die Idee, gemeinsam ins Theater zu gehen, kam von Ella. Und es war eine gute Idee gewesen. Die Frauen schienen sich gut zu amüsieren, was sie sehr freute. Eine von Ellas vielen Stärken ist, dass sie sich jeweils voll und ganz auf etwas oder jemanden einlassen kann. Trotzdem schweiften ihre Gedanken heute immer wieder ab. Und sie fragte sich, wie es wohl gekommen wäre, wenn es anders gekommen wäre.

JJ musste leider für den Theaterabend passen. Ihre volle Aufmerksamkeit wurde im Büro gebraucht. Dort gab es in letzter Zeit ein paar eigenartige Ungereimtheiten. Zudem hatte sie das Gefühl, ihre Autorität würde untergraben. Sie hatte beispielsweise neulich feststellen müssen, dass eine ihr unterstellte Teilzeitmitarbeiterin ohne ihr Wissen die Arbeitstage geändert hatte. Als sie die betroffene Person darauf ansprach, meinte diese unbeeindruckt, dass sie dies mit der Auszubildenden im ersten Lehrjahr so abgemacht hätte, dass sie nun mittwochs statt dienstags arbeite. Es war allen unverwechselbaren Frauen klar, dass JJ das nicht auf sich sitzen lassen konnte.

In ihrem Alter ging Erika am Abend nicht mehr so gerne zu Veranstaltungen, es sei denn, sie fanden in unmittelbarer Nähe statt. Deshalb hatte sie sich bei Ella auch abgemeldet. Aber ehrlich gesagt war das nicht der einzige Grund, weshalb sie dem Theater fernblieb. Es dünkte sie nämlich, sie hätte im Moment gerade selbst genug Theater, und zwar mit den anderen Mietern im Haus. Wenn die tatsächlich das Gefühl hatten, dass sie alleine im Haus wohnten, dann würden sie sich noch wundern.

Auch Anita war beim Theater nicht dabei. Immer öfter reiste sie – oft allein – bereits am Donnerstag nach Neuenburg in die neue Wohnung. Und als sie, eingehüllt in einen warmen Schal, vom Balkon aus auf den stillen, glatten See schaute, dachte sie, wie angenehm sie diese Ruhe empfand. Immer schon hat sie die Ruhe angezogen, nicht erst jetzt, als man begonnen hatte, so viel übers Schweigen zu reden. Trotzdem überlegte sie sich einen Moment, diese Stille zu unterbrechen, indem sie einfach während einer gewissen Zeitspanne alles laut aussprechen könnte, was ihr in den Sinn käme. Und zwar so lange, bis ihr nichts mehr einfiele. Wäre das auch für sie – ähnlich wie bei heutigen Performance-Künstlerinnen – eine emotionale Befreiung für Gedächtnis, Stimme und Gehirn? So genau konnte sie das nicht abschätzen. Aber sie beschloss, erst einmal mit dem Spiel zu beginnen, das sie gerne mit der Familie spielte, und fing an, so viele Tiernamen aufzuzählen, wie sie konnte. Alle, die sie gut kannten, wussten, dass sie als erstes «Tiger» sagen würde. Und dann «Puma». Und dann «Steinbock».

Monika machte es sich im Stuhl bequem. Schon bald drifteten ihre Gedanken ab und blieben am vergangenen Dienstag hängen. Vielleicht war alles etwas viel gewesen. Oder, fast noch treffender, vielleicht war alles nicht genug gewesen. Obwohl sie ein sehr bescheidener Mensch war, machte sie die nicht unangenehme Erfahrung, wenn etwas nicht genug war. Nicht genug Zeit. Nicht genug Austausch. Nicht genug vom Genughaben. Und gerade, als sie sich nochmals in Ruhe vorstellen wollte, wie sich seine Hand in ihrer anfühlte, wurde lauthals ein deutscher Schlager angestimmt, der sie aus ihren Träumen und Gedanken riss. So wandte sie sich wieder dem Geschehen auf der Bühne zu.

Heather konnte weder beim Theater noch bei den Vorbereitungen fürs Bibliotheks-Wochenende dabei sein. Sie war geografisch und gedanklich ganz woanders, aber sie war vollends dort, wo sie war. Das liebte sie: Be there. When you're there. Während sie in der warmen Sonne saß und einen Schluck vom wohltemperierten Weißwein nahm, legte sie ihre linke Hand auf seinen nackten Oberschenkel.

Anna war mit dem Zug aus dem Bündnerland angereist, weil JJ ja aus guten Gründen für eine Fahrgemeinschaft verhindert war. Sie hatte die Reise genutzt, um weiter an der Umsetzung ihrer Idee zu feilen, und es erstaunte sie, dass sie nicht schon früher darauf gekommen war. Sie erinnerte sich noch genau an den Moment, als das alles Fahrt aufnahm. Es war ein ganz normaler Montag gewesen, als sie in der Küche die Kaffeemaschine angeschaltet hatte. Da dachte sie, dass es irgendjemanden gebraucht hatte, der diesen Kaffee pflanzte, die Bohnen verarbeitete, transportierte und verkaufte. Und jemanden, der den Kaffee jetzt mit allen Sinnen genoss. Das war der Ursprung ihrer Idee gewesen.

Maude gefiel das Stück. *Heiße Zeiten* hatten den Vorteil, dass es wenigstens nicht kalt war. Sie hatte während der Vorstellung Lust auf ein frisches Brötchen, dick mit Butter bestrichen und mit Schnittlauch garniert. Es war für sie eine schöne, glücklich machende Erinnerung an die Kindheit und an den Frühling. Es waren diese kleinen, manchmal schon fast vergessenen Zufriedenheiten, die oft erst im Rückblick zum Glück wurden. Manchmal aber auch direkt im Augenblick und seiner Vergänglichkeit.

Annika musste an die Vorlesung einer Philosophin denken, wonach alles im Leben eigentlich keinen Sinn ergab. Aber dass es mit dieser Einstellung sehr schwer wäre, am Morgen aufzustehen. Obwohl Annika gerne ins Theater, zu Konzerten und zu Lesungen ging, fragte sie sich trotzdem manchmal, was der eigentliche Sinn dahinter wäre. Sie war, je länger, desto mehr, überzeugt davon, dass Sinn nur durch Beziehungen entstehen kann. Nichts hat in sich selbst einen Sinn. Weder die Gewinnoptimierung der Großkonzerne noch die Kunst noch die Philosophie oder die Literatur. Etwas kann nur einen Sinn haben für etwas anderes. Oder jemand anderen. Sie strich sich die Haare aus dem Gesicht.

Celine saß in der Mitte der Freundinnen und dachte an das Format einer simplen Kreditkarte. Sie hatte nämlich gehört, dass jeder Mensch, ohne es zu merken, pro Woche Plastikteilchen mit dem Gewicht einer Kreditkarte zu sich nähme. Sie fragte sich, ob die Tiere diesem Malheur auch ausgeliefert waren. Vielleicht hatte sie es sich deshalb zur Routine gemacht, auf ihren Spaziergängen mit allen Tieren, die ihr auf den Wegen begegneten, zu sprechen und ihnen ein Kompliment zu machen. Den Schafen fürs schöne Fell. Den Kühen für die treuherzigen Augen. Den Pferden für die Gutmütigkeit und Geduld. Und den Eseln – und sich selbst – für ihre Sturheit.

Andrea, auf Platz zwölf sitzend, ließ sich zwischendurch etwas vom Theaterstück ablenken. Sie dachte an den Fastengottesdienst, den sie kürzlich besucht hatte, und an die Worte des Pfarrers. Beim Fasten gehe es darum, den Verzicht und die Aufmerksamkeit nach innen zu richten. Man müsse das Fasten nicht thematisieren, sondern es selbst erleben. Sie hatte sich dann für ein kleines Teilfasten entschieden und widersetzte sich Süßem, nicht aber dem Kaffee, dem täglichen Muntermacher, der zurzeit Paul hieß. Und so wurde für Andrea mit jedem neuen Tag klarer: Wenn Fasten, dann Teilfasten. Wenn Wein, dann Weißwein. Wenn Kaffee, dann stark.

Die schöne Rose fragte sich nach all den To-do-Listen der vergangenen Jahre, ob sie eine To-be-Liste erstellen sollte. Sie könnte sich morgens, wenn sie den Zitronensaft mit heißem Wasser aufgoss, fragen, wie sie heute sein möchte. Fröhlich. Stark. Gelassen. Klar. Still. Rebellisch. Unternehmenslustig. Ungebunden. Fit. Als sie an all die Möglichkeiten der zur Verfügung stehenden Adjektive dachte, war sie so gerührt und dankbar, dass ihr Tränen aufstiegen.

Claudia dachte während des Stücks an ein Statement von Dr. Ruth, der deutsch-US-amerikanischen Soziologin, die in den Achtzigerjahren die prüden Amerikaner mit ihren Radio-Kolumnen aufgerüttelt hatte. Diese Dr. Ruth meinte nämlich, man solle die Probleme stets vor der Schlafzimmertüre lassen. Gar nicht so einfach, fand Claudia, die manchmal mitten in der Nacht nicht nur die wirren Gedanken, sondern dazu auch noch die Bettdecke abrupt zurückschlagen musste.

Heiße Zeiten waren garantiert.

Bereit für den Buchclub?

«One day. Or day one. You decide!», sagte JJ. Obwohl ihr Seminar für angehende Marathonläuferinnen nicht zweisprachig ausgeschrieben war, eröffnete sie die Fortbildung auf Englisch. «Und wenn ihr euch während des Laufs fragt, ob sich das überhaupt noch lohnt, dann stellt ihr euch dieselbe Frage erneut beim Zieleinlauf», sagte sie mit einem Lächeln und hieß alle Teilnehmerinnen herzlich willkommen zum Motivationstraining mit dem Namen *Lauf einfach los*.

Wegen dieses Seminars konnte JJ erst später am Buchclub der unverwechselbaren Frauen teilnehmen. Sicherheitshalber hatte sie ihren Input aber vorab per E-Mail geschickt. Sie hatte Claudia gebeten, ihn im passenden Moment vorzulesen, worauf diese meinte, dass sie es nicht versprechen könne. Beide lachten. Es verband sie nicht nur eine dreißigjährige Freundschaft, sondern auch der gleiche Humor.

Alle anderen trafen sich im schönen Garten von Andrea, die großzügig eingeladen hatte. Der Tisch war wunderschön geschmückt, das zu besprechende Buch lag offen da, Kaffee und Gebäck standen ebenfalls bereit und die Sonne wärmte angenehm.

Celine war als Erste da und brachte ein feines Strandtuch mit, damit frau sich bei Bedarf ins Gras legen könnte, um einige Yoga-Übungen zu machen oder einfach in den Himmel zu schauen. Andrea musste lachen und umarmte sie.

Annika hatte die Idee mit dem Buchclub gehabt und im Vorfeld Vorschläge von allen gesammelt. Es hätte dann demokratisch abgestimmt werden sollen. Aber es kam etwas anders, als geplant.

Ella meinte, *The Big Five for Life* wäre eine Option und Erika hatte *Faszinierendes Graubünden* als Vorschlag geschickt, weil die Buchvernissage, der Autor und auch der Fotograf sie so begeistert hatten. Monika setzte *Healing* auf die Liste und JJ, immer noch angehaucht von ihrem kürzlichen Aufenthalt in Indien, meinte, *Kamasutra für jeden Tag* oder *Run for Life* wäre eine Idee.

Maude schlug das neuste Kochbuch von Tanja Grandits vor, sodass sie gleich alle zusammen etwas hätten kochen können. Anita meinte *Große Erfinderinnen und ihre Erfindungen* wäre lesenswert und Celine fand, man könne diesen Morgen zielgerichtet nutzen mit dem Buch *Allgemeinwissen für unterwegs*. Anna, die für ihre Gelassenheit bekannt war, schickte den Vorschlag *Hygge – ein Lebensgefühl* und Andrea setzte *The Coffee Book* auf die Liste. Rose hätte den Buchclub gerne kombiniert mit Natur und Handarbeit und schlug *Andy Golds-*

worthy's Landart vor. Claudia meinte, im Rückblick auf Charles' Krönung wäre das Buch *Lady Di, ihre wahre Geschichte* passend, und Heather setzte sich mit *Der Besuch der alten Dame* für einen Klassiker ein.

Annika war – wie sollte man sagen? – etwas ernüchtert über diese Vorschläge und sah sich gezwungen, das Ganze selbst in die Hand zu nehmen. Sie war eine sehr fürsorgliche Person und überlegte – auch deshalb – lange, wie sie vorgehen sollte, weil sie niemanden brüskieren wollte. Auf keinen Fall wollte sie den Eindruck erwecken, sie wollte ihre eigene Idee loben, indem sie jene der anderen abwertete. Sie war auch keine klassische Besserwisserin, trotzdem fand sie, dass sie tatsächlich oft recht hatte. Und diese Erkenntnis ließ sie unverschnörkelt, klar und mit einer Prise Ironie in den Chat schreiben: «Danke für eure Vorschläge. Die Wahl fällt auf den Roman *Kuss* aus dem Jahre 2019.»

Als Heather im Auto zu Andrea unterwegs war, suchte sie den schnellsten Weg durch die Stadt, vorbei an stehenden Autos und hupenden Straßenbahnen. Sie dachte an Dürrenmatts *Besuch der alten Dame*. Die Dame, die – koste es, was es wolle – Gerechtigkeit einfordern wollte. Und als mit einem Menschenleben teuer dafür bezahlt wurde, fühlte sie sich noch leerer als zuvor. Also die alte Dame, nicht Heather. Sie fragte sich dann, auch im Hinblick auf ihre eigene Geschichte, ob «alles verstehen alles verzeihen» heißt. Oder wie sagt man so schön im Französischen? *«Tout comprendre c'est tout pardonner»*.

Anna nahm den Zug und fühlte sich mit dem Buch *Kuss* ertappt. Wenn es hieß, eine Frau schliefe sich nach oben in einer Firma, dann hätte man bei Anna leicht sagen können, sie küsste sich durch die Bars. Durch die Parks. Eigentlich durch die ganze Stadt. Aber das war lange her. Manchmal dachte sie, zu lange. Sie verwarf diesen Gedanken aber sofort wieder und ersetzte ihn mit der Empfehlung einer französischen Psychologin, die besagte, die heutigen Mütter und Väter würden besser öfter ihren Ehepartner küssen als die eigenen Kinder. Und da hatte die Französin wohl nicht ganz unrecht, fand Anna, deren Kinder sowieso nicht mehr im Alter waren, in dem man sie mit Küssen überhäufte.

Celine, die mit dem Fahrrad zu Andrea gefahren war, dachte auf dem Weg, dass sie sich tatsächlich sehr gefreut hätte, wenn ihr Buchvorschlag *Allgemeinwissen für unterwegs* ausgewählt worden wäre. Es gab nämlich für sie – und wohl auch für alle anderen – Begegnungen, bei denen es für einen Augenblick zu lange zu still war zwischen ihr und dem Gegenüber. Und dann war es für sie schwierig, die Stille auszuhalten. Es gab natürlich in ihrem

Umfeld Menschen, mit denen man locker schweigen konnte. Aber mit einzelnen Menschen wurde die Spannung mit jeder Sekunde stärker und ließ sie manchmal Worte sagen, die sie gar nicht sagen wollte. Und, noch schlimmer, die sie später sogar bereute. Irgendetwas Allgemeines und Unverfängliches wäre in solchen Situationen jeweils besser gewesen.

Annika las viel. Nicht nur geschäftlich, sondern auch privat. Sie kannte viele Schweizer Schriftsteller persönlich. Und während sie im Auto unterwegs zum Buchclub war, fragte sie sich, mit welchen Prominenten sie eigentlich gerne einen Abend verbringen würde. Es wäre wohl Peter Stamm. Sie würde ihn im Detail über sein Buch *Sieben Jahre* ausfragen. Und sie würde auch gerne wissen wollen, weshalb er auf Fotos nie lachte.

Sie dachte ebenfalls an Picassos Mutter, die sie gerne zu einem Abendessen getroffen hätte. Sie hatte nämlich ein Zitat über diese Frau gelesen, wonach sie zu ihrem Sohn gesagt haben sollte: «Wenn du Soldat wirst, dann wirst du ein General. Wenn du Mönch wirst, dann wirst du der Papst. Und wenn du Maler wirst, dann wirst du Picasso.»

Claudia kam zu Fuß zu Andrea. Sie liebte den Weg über das kleine Tobel mit der alten Holzbrücke. Natürlich fügte sie sich Annikas Buchwahl, sie akzeptierte sie sogar gerne und willentlich, dachte aber, dass ein Buch über die Königin der Herzen auch keine schlechte Entscheidung gewesen wäre. Seit sie in den Achtzigerjahren ein Foto von Lady Di in ihrem roten, wollenen Pullover mit dem einen schwarzen Schaf inmitten all der weißen gesehen hatte, entwickelte sie eine Schwäche für die junge Prinzessin, die auf die Frage «Wie wird man Prinzessin?» eine sehr simple Antwort parat hatte: «Heirate einen Prinzen!»

Anita nahm das Schiff. Was für eine herrliche Anfahrt über den ruhigen See, in dem sich die scheue Sonne spiegelte und der Kapitän einen netten Morgengruß bereithielt. Ihr kam ihr eigener Buchvorschlag *Große Erfinderinnen und ihre Erfindungen* in den Sinn. Ihres Erachtens war die beste Erfindung der Frauen, sich nicht über ihren Ehemann zu definieren, sondern über ihr innerstes Wissen um ihre eigene Würde und Unabhängigkeit.

Während Andrea zu Hause alles bereitmachte für den Buchclub, fragte sie sich, ob es eigentlich stimmte, dass jede Mutter eine Mama brauchte. Und wo man diese Mama fand, wenn die eigene Mutter nicht mehr lebte. Fand man sie in Freundinnen, in der Mutter Erde, in der Natur? Fand man sie in sich selbst, wenn man sich anschaute und im Spiegelbild die eigene Mutter erkannte? Sie unterbrach ihre Vorbereitungen, ging mit diesen Gedanken ins Wohnzimmer, nahm ein Foto ihrer Mutter in die Hand und strich ihr sanft übers schöne Gesicht.

Ella hatte pflichtbewusst mit der Lektüre *Kuss* begonnen, um sich adäquat auf den Buchclub vorzubereiten, und schrieb sich Sätze heraus: «Er war monogam. Auch im Kopf». Sie wusste nicht, ob sie das gut fand. Ob es das überhaupt gab? Männer, die im Kopf monogam und treu waren. Wollte das eine Frau überhaupt? Sie würde heute diese Frage in die Runde werfen. Denn sie hatte eine Antwort darauf.

Monika fuhr mit der Straßenbahn so weit es ging. Sie liebte es, Straßenbahn zu fahren. Oft lauschte sie unbemerkt den Unterhaltungen anderer Passagiere. Sie hatte sogar vor Jahren die Absicht gehabt, deren Gespräche im Geheimen aufzuzeichnen und in einem Buch zusammenzufassen. *Stadtgeflüster* hätte das Buch geheißen. Und während sie in der neuen Straßenbahn auf den Holzbänken saß, dachte sie an ihre Ferien in San Diego, wo sie ihre heutige Buchempfehlung *Healing* gelesen hatte. Sie freute sich, dass sie – fünfundzwanzig Jahre später – immer noch eine Affinität zu dieser Lektüre hatte. Es zeigte ihre Stabilität, ihr Interesse, ihre Treue, manchmal dachte sie sogar: ihre Berufung. Dort, in San Diego, lernte sie auch die 5-4-3-2-1-Methode kennen.

Erika reiste mit viel Handgepäck zum Buchclub. Und zwar nicht wie gewohnt mit irgendwelchen Köstlichkeiten aus ihrer Küche, sondern mit zwölf Kochbüchern des Bündner Frauenvereins, die sie seit Jahren im Keller lagerte. Sie würde jeder Frau eines überreichen. *Bewährte Kochrezepte aus Graubünden.* Das Buch *Kuss* hatte sie mangels Interesses nicht gelesen, doch sie vertraute auf ihre Erfahrungen und ihre Eloquenz, im richtigen Moment der Diskussion etwas Treffendes beitragen zu können.

Maude ließ sich auf dem Weg zu Andrea den gestrigen Abend nochmals durch den Kopf gehen. Ihre Teenager-Kinder spielten mit den Eltern ein Spiel, ob diese überhaupt die heutige Sprache noch verständen. Worte wie «Fremdflixen», «Boomerangst», «Cam-Shaming», «Oversharing», «Vegourmet» wurden – nebst Lasagne und Rotwein – serviert. Nun, sie musste sich eingestehen, dass sie der Sprache dieses Zeitgeistes nicht ganz mächtig war. Aber sie lernte viel dazu. Zum Bespiel, dass «enkelfähig» nicht hieß, dass man bereit war, eine rüstige Großmutter zu werden. Aber was hieß eigentlich «Sleep Divorce»?

Rose zitterte am ganzen Körper, als sie spätabends vor der Eingangstüre des Mehrfamilienhauses stand, wo sie in einer hübschen Zweieinhalb-Zimmer-Wohnung lebte. Nebenan die Briefkästen, alle fein säuberlich beschriftet. Ihren hatte sie gewissenhaft geleert, als sie von der Arbeit nach Hause kam. Nicht ganz so gewissenhaft strich sie wiederholt ihre krausen Haare aus dem Gesicht, trat nervös von einem Fuß auf den anderen und senkte ihren

Kopf. Vito hob ihn sachte, indem er mit seiner rechten Hand ihr Kinn langsam nach oben schob und sie dann küsste. Zum ersten Mal. Es war nicht nur der Startschuss für unzählig weitere Küsse gewesen, nein, es war auch das erste Mal in ihrem Leben gewesen, dass sie am gleichen Tag zwei verschiedene Männer geküsst hatte. Daran musste Rose denken, als sie mit dem Auto unterwegs zu Andrea war.

Fernab vom Buchclub forderte JJ alle Teilnehmerinnen auf, ihr Jahresziel aufzuschreiben und es anschließend mit der Gruppe zu teilen. JJ verfügte über eine natürliche Autorität, sodass niemand diese Aufforderung in Frage stellte. Kurz darauf stand eine junge, zierliche Frau auf, nahm ihren Notizzettel und sagte: «Ich würde gerne den Greifenseelauf im nächsten Jahr finishen!» JJ sah sie verständnisvoll an, schaute in die Runde, bedankte sich für den Beitrag und meinte: «Und hier haben wir ihn. Den Konjunktiv».

Der Kuss

Andrea begrüßte alle Frauen und führte sie in ihren Garten, wo sie Kaffee ausschenkte und die Wassergläser füllte. Von allen Seiten her duftete es herrlich: Blumen, Kuchen, Kaffee. Eine wunderbare Frauenrunde. Nur JJ fehlte noch – aber Claudia hatte ja zum Glück die E-Mail mit ihrem Beitrag in Papierform dabei.

Es war Rose, die allen eine farbige Postkarte mit Klimts *Kuss* und einen Bleistift reichte: «Bevor wir auf das Buch zu sprechen kommen, dachte ich, wir könnten für uns selbst notieren, wann wir das letzte Mal innig geküsst haben. Oder das erste Mal. Einfach nur geküsst.»

Celine wollte Roses Aufgabe unbedingt korrekt erfüllen und streckte ihre Hand aus: «Also, dass ich dich richtig verstehe, meinst du, nur geküsst? Sonst nichts?» Andrea meinte, dass es manchmal ein ganz schmaler Grat sei zwischen innigem Küssen und dem Akt selbst. Heather blickte ein wenig verstohlen auf den Boden und drehte den Bleistift in der rechten Hand. Ella schmunzelte vor sich hin. Niemand wusste genau, was durch ihren Kopf ging, als sie eifrig mit ihren Notizen begann und diese verzierte. Monika blickte zum Himmel, strich sich die Haare aus dem Gesicht, drehte die Karte um und schrieb ein Datum auf. Maude nahm ihr Telefon hervor und suchte nach einem Foto. Claudia nutzte die Postkarte als Fächer und meinte, sie müsse zuerst Jens fragen. Alle glaubten zu wissen, an welchen Kuss Erika dachte. Anita unterteilte die Karte in kleine Rechtecke und beschriftete die einzelnen Felder. Anna nahm die Karte, legte sich auf Celines Strandtuch in die Wiese und machte eine Strichliste. Annika nahm das Buch als Unterlage und malte fünf Herzen auf die Rückseite der Karte.

Für einen Augenblick war es still zwischen den Frauen, jede schien mit ihren eigenen Gedanken beschäftigt. «Ich hatte keinen Sex in meinen Flitterwochen!», platzte es wie aus dem Nichts aus der Frau heraus, die ganz oben saß. Alle schauten sie etwas verdutzt an. Andrea brach das Schweigen: «Das ist doch verständlich, du wolltest sicherlich nicht gleich schwanger werden!», meinte sie augenzwinkernd, und Rose fügte beschwichtigend hinzu: «Ich auch nicht. Also. Das heißt, in der Hochzeitsnacht nicht!»

Anita stimmte ebenfalls mit ein: «Ja. Ich auch nicht. Aber ich war ja auch hochschwanger!» Erika bedauerte, dass die Hochzeitsnacht im Laufe der Zeit an Bedeutung verloren habe. «Als ich noch jung war–», ihre Erzählung wurde durch einen mahnenden Blick ihrer Tochter abrupt unterbrochen. Anna lag noch immer im Gras und war mit ihrer Strichliste beschäftigt: «Mach dir nichts draus. Du kannst es ja immer noch aufholen!» Celine unterstrich Annas Aussage und meinte, dass wir uns sowieso alle viel zu viele Illusionen über die Liebe machten.

Maude wollte elegant das Thema wechseln und fragte: «Wisst ihr eigentlich, wie lange der Kuss auf dem Buckingham Palace dauerte, als William seine Braut Kate küsste?» Während die Frauenrunde über die Dauer des prominenten Kusses rätselte, ging Ella auf Anna zu: «Sag mal, zählst du eigentlich mit dieser Strichliste alle, die du je geküsst hast?» Annika befürchtete, dass das Gespräch in eine total falsche Richtung ging und nahm demonstrativ das Buch in ihre Hand. Auch Monika richtete ihren Blick in die Runde und sagte: «Vielleicht wäre jetzt ein guter Zeitpunkt, JJs Beitrag vorzulesen. Du hast ihn doch dabei!» Claudia nahm das zusammengerollte Papier hervor und sagte lachend: «JJ in Ehren, aber ich weiß nicht, ob das der ideale Einstieg in eine Buchbesprechung ist!» Alle lachten. Und alle vermissten JJ, die der unumstrittene Mittelpunkt ihres Lauf-Seminars war, das ein voller Erfolg wurde.

Die Teilnehmerinnen überhäuften sie mit Fragen, oft auch ganz persönlichen, und JJ stand Rede und Antwort und überzeugte mit ihrer Authentizität und Präsenz. Trotzdem driftete sie für einen kleinen Moment ab, als sie an ihren ersten Kuss mit ihrem jetzigen Ehemann dachte. Es war in einer kalten Februarnacht gewesen, in der er sie vom Kino nach Hause begleitet hatte und sie unverfänglich miteinander redeten. Sie hatten sich bereits voneinander verabschiedet, da kam er nochmals zurück, bückte sich zu ihr und sagte: «Ich habe noch etwas vergessen.» Da nahm er ihren Kopf in seine Hände und küsste sie zum ersten Mal. «Und wenn ich im Marathon bei Kilometer neununddreißig einen Wadenkrampf habe?», fragte die Frau ganz hinten in der Reihe und unterbrach damit abrupt JJs Gedankengänge. «Einen Wadenkrampf?», wiederholte JJ. «Eines ist sicher bei Kilometer neununddreißig: You can smell the finish line. Zudem bin ich der Überzeugung, dass das Wichtigste – und zwar nicht nur beim Laufen – die letzten Meter sind, die man oft nur mit einer simplen Frage bewältigen kann: How badly do you want it?» Alle Teilnehmerinnen klatschten.

Die anderen Frauen saßen immer noch um den Tisch in Andreas Garten und ein lebhaftes Stimmengewirr erhob sich, erfüllte die Sitzecke und verflüchtigte sich dann langsam durch die umliegenden Sträucher, Bäume, Blumen und das vereinzelt wachsende Unkraut. Anita hatte einmal einen lustigen Spruch gelesen, an den sie unwillkürlich denken musste, als sie in den weiten Garten schaute: «Es ist schon über so viele Dinge Gras gewachsen, dass man bald keiner Wiese mehr trauen kann.» Sie schmunzelte vor sich hin. Annika ergriff selbstbewusst das Wort und das Buch. Wenn jemand wusste, wie ein solches Event ablief, dann sie. «Ich habe mir eine Stelle markiert, die ich nun gerne vorlesen und anschließend besprechen würde.»

«Da sind wir gespannt», meinte Maude, nahm einen Schluck Schwarztee, lehnte sich zurück und rückte die Sonnenbrille in ihren Haaren zurecht. Annika stand auf und sagte: «Seite 73. Das Paar Gerda und Yann haben Alex zum Abendessen eingeladen. Gerda ist arbeitslos und verheimlicht auf Biegen und Brechen, dass sie ihren Job verloren hat. Und hier nun der Text aus dem Buch: ‹Danke. Genau das ist ja mein Problem. Am liebsten würde ich den Job kündigen und irgendwas in Richtung Innenarchitektur machen›, sagte Gerda zu Alex. Yann dachte, hör einfach auf, bitte, bitte, hör auf. Möglicherweise kannte Alex jemanden, der jemanden kannte, der irgendwie mit Gerdas alter Agentur verbunden war. Höchstwahrscheinlich wusste er bereits, dass Gerda entlassen worden war, und dachte sich, die arme Irre, höchste Zeit für eine Therapie!» Nach der kurzen Lesung setzte sich Annika wieder und schaute in die Runde. Maude räusperte sich: «Da sind wir noch ein bisschen weit vom

Buchtitel entfernt. Es sieht noch nicht unmittelbar nach einem Kuss aus!»

«Ja, aber vielleicht sind wir bei der Frage, ob man – später am Abend, nachdem der Besuch gegangen ist und man sich zwischen Geschirrspüler und Abwaschen widerfindet – jemanden küssen möchte, der eine ganz andere Wahrheit vertritt als die Realität es hergibt», gab Celine zu bedenken. «Leidet da nicht ernsthaft die Anziehung? Die Lust? Wer ist dann eigentlich die Person, mit der ich das Bett und die Küsse teile?»

Heather warf ein, dass man bei solchen Lügen nicht unbedingt solidarisch sein müsse, aber vielleicht großzügig. Vielleicht hieß eben «alles verstehen doch alles verzeihen». Vielleicht müsse man in einer Beziehung akzeptieren, dass es doppelte Wirklichkeiten, ja, zwei subjektive Wahrnehmungen gäbe.

«Subjektiv arbeitslos zum Beispiel?», fragte Anna und fuhr fort: «Mich nerven solche Lügen, und ich frage mich stets, ob der Lügner oder die Lügnerin sich das wünscht, vorstellt, erhofft, damit aufschneidet oder sich dafür schämt. Man muss ja keine Wahrheitsfanatikerin sein, aber …»

«Vielleicht stehen dieser – wie heißt sie im Buch? – dieser Gerda zu viele Ichs im Wege», meinte Rose, «Vielleicht sollte sie einfach mal einen Waldspaziergang machen, um ein wenig mit sich allein zu sein.»

Das sei zwar der sicherste und verlässlichste Ort, um der Wahrheit zu begegnen, könne aber dadurch die schönste Natur in abstruse, nicht wiederzuerkennende Landschaften verwandeln. Annika war hocherfreut über die Diskussion. Genauso hatte sie es sich erhofft. Sicherlich beflügelten das schöne Wetter, die schönen Frauen, der schön gedeckte Tisch und der schöne Garten die Unterhaltung.

Andrea meinte, dass alles, was wir für absolut wahr hielten, oft nur ein Ausdruck der eigenen Projektionen sei. Und dass die Erkenntnis immer relativ oder subjektiv sei, weil es eben verschiedene Standpunkte gäbe. Die unsrigen … und die falschen. Die Frauen mussten allesamt lachen, und es war Monika, die daraufhin meinte: «Vielleicht wäre eine Umarmung eine mögliche Antwort auf das Flunkern des eigenen Partners. Sodass dieser sich vollends angenommen fühlt, gerade dann, wenn dieser es nicht so ernst nehme mit der Wahrheit.»

Ella, von ihren Freundinnen aufgrund ihrer pragmatischen Art oft Frau Handschlag genannt, beobachtete die Frauenrunde und fand die Beiträge interessant, aber ein bisschen zu philosophisch. «Weshalb sollte man dem Partner nicht die Frage stellen, weshalb er nicht einfach die Wahrheit erzähle und die Verantwortung dafür übernähme? Weshalb schönreden? Ich habe mal die ehemalige Swissair-Kommunikationsverantwortliche getroffen, die als Medienchefin beim Halifax-Absturz im Scheinwerferlicht gestanden hatte. Und ich habe sie gefragt, weshalb ihr Kommunikationsstil die ganze Schweiz so berührt hätte. Darauf meinte sie: ‹Man muss einfach sagen, wie es ist. Aufmachen, statt die Rollläden runterlassen.›»

«Und was, wenn die großen und kleinen Lügner und Lügnerinnen besser im Bett sind?», fragte Claudia spöttisch.

«Ach, immer dieses Sex-Thema», dachte zumindest die Hälfte der anwesenden Frauen. Nichtanwesende nicht miteingerechnet. Maudes Hund Nera, der im Schatten unter der Linde lag, knurrte im Schlaf.

Sex, Lies and no Videotapes

Jetzt waren die Themen Sex und Lügen – manchmal nahe beieinander – auf dem schön geschmückten Gartentisch, und es wurde plötzlich wild darauf losgeredet. Auch jene, die nicht unbedingt ihr Herz auf der Zunge trugen und manchmal für ihre Gedanken keine unmittelbaren Worte fanden, brachten sich ungefragt und spontan ein.

«Als Zwanzigjährige sagte ich meinem damaligen Freund, dass meine sexuell richtig aktive Phase erst mit vierzig käme. Er ließ sich nicht vertrösten!»

«Als mein Mann sich kürzlich im Badezimmer mit einem flüchtigen Kuss von mir verabschiedet hatte, lief ich die Treppe hinunter und erwischte ihn gerade, als er aus der Garage wegfahren wollte. Ich klopfte ans Auto und gab ihm durchs heruntergelassene Fenster einen richtigen Kuss. Er schaute mich perplex an.»

«Wir schlafen nur noch zusammen, wenn es etwas zu feiern gibt und die Kinder aus dem Haus sind. Eine denkbar schlechte Kombination! Ich habe manchmal das Gefühl, ich hätte mehr Testosteron als mein Mann!»

«Ich schlug in einer Beziehung einmal eine Pause vor und verschwieg dabei, dass die Pause einen Vornamen hatte. Und einen Beruf. Und eine Kleidergröße. Und ein schönes Lächeln. Und dunkle Augen.»

«Mir hat mal eine Frau erzählt, dass auf ihrer Hochzeitsreise ihr Blick auf den eines fremden Mannes traf und sie eine Viertelstunde später mit ihm Sex auf der Toilette in einer schäbigen griechischen Taverne hatte. Das Schlimmste wäre gewesen, dass sie wirklich das Gefühl gehabt hätte, ohne ihn nicht mehr leben zu können. Stattdessen hatte sie diesen neuen weißgoldenen Ehering am Finger, der sich bereits ziemlich eng anfühlte.»

«Wir wechseln manchmal tagelang kein persönlich gemeintes Wort miteinander! Und Geschenke, die ich erhalte, gebe ich gleich weiter.»

«Und ich stelle mich manchmal schlafend, wenn mein Mann zu mir ins Bett kriecht und atme schön gleichmäßig! Also ich ziehe einen romantischen Filmabend mit Kuscheln sowieso dem Akt selbst vor!»

«Mein verheirateter Arbeitskollege, der im Data Driven Marketing arbeitet, hat sich hoffnungslos in seine Chefin verliebt. Und da fragte er mich kürzlich doch tatsächlich, ob denn Liebe Sünde sein könne. Es war eine naive Frage und ich hob etwas resigniert meine Schultern, als wir in der Morgenpause zusammen einen Kaffee tranken. Er vertraute mir an, dass sie einander über das WhatsApp-Profilbild versteckte Nachrichten zusenden würden. Und dass dieses Suchen nach passenden Bildern seine ganze Aufmerksamkeit erfordere. Auch während der Arbeitszeit.

Ich schnalzte gespielt verächtlich mit der Zunge und sagte: ‹Da kann ich dich beruhigen. Du, der Daten mag und dessen Entscheidungen meistens darauf basieren, meinst vielleicht, du seist nicht Teil der Statistik, die du selbst liest. Aber der Statistik gemäß findet deine Ehefrau die außereheliche Liebschaft nach spätestens acht Monaten heraus. Und die Statistik sagt auch, dass man den Partner drei Monate, nachdem man eine Affäre eingegangen ist, verlässt. Oder gar nicht mehr.› Da fügte er lachend an: ‹Ich bin einer, der selbst tagtäglich Statistiken erstellt. Und weiß daher ziemlich genau, dass man keiner Statistik trauen darf, die man nicht selbst gefälscht hat.› Ich musste lachen, nahm mein Handy, machte ein Foto meines brühendheißen Kaffees und sagte: ‹Für dein nächstes Profilbild!›»

«Wenn mein Sex ein Auto wäre, dann wäre es ein 2CV. In die Jahre gekommen, selten anzutreffen und mit einem Schild *Unverkäuflich!* Aber neulich habe ich meinem Mann ein Sex-Heft unters Kopfkissen gelegt. Alle Köpfe der Frauen habe ich mit meinen eigenen Fotos überklebt.»

«Ich hatte mal eine Affäre mit meinem Chef. Wir trafen uns jeweils zu Mittag in schicken Hotels und kauften vorher stets bei derselben Bäckerei ein doppeltes Bürli für achtzig Rappen. Letztes Jahr bekam ich eine Weihnachtskarte von ihm, auf der stand: ‹In all those years, the 80-cents-lunches with you were the most expensive and precious ones. A shame, I cannot afford them any longer.›»

«Und ich habe mal eine geschlossene Frage, die meinem Gegenüber sehr wichtig war, mit einem klaren Nein beantwortet. Ich war selbst überrascht, wie leicht mir diese Lüge über die Lippen kam.»

«Ich finde, Sexting belebt die Beziehung.»

«Wie es wohl JJ in ihrem Seminar geht?», fragte Anna in die Runde. «Sicherlich kann sie viele Frauen fürs Joggen motivieren mit ihren Laufgeschichten.» Ganz bestimmt, meinte Claudia. «Und ich bin sicher, sie erzählt zu Beginn des Seminars die Geschichte von Scottie Pippen. Kennt ihr die?»

«Auch wenn wir sie kennen, wir hören sie immer wieder gerne. Nur zu, Claudia!», sagte Heather lachend, während andere leise seufzten. Claudia ließ sich nicht beirren und nahm einen Fußball aus Andreas Garten in die Hand, um das Ganze besser illustrieren zu können: «JJ liebt diese Geschichte, weil sie zeige, wie viel sich beim Sport – und eigentlich im ganzen Leben – im Kopf abspiele! Also: An einem Sonntag im Juni 1997 trafen sich die Top-Mannschaften der amerikanischen Basketball-Liga zum Finale. Utah Jazz gegen Chicago Bulls. Zehn Sekunden vor Schluss führte Utah mit einem Punkt Vorsprung. Und da wurde Utah ein Freiwurf zugesprochen. Karl Malone von Utah war der allseits bekannte und anerkannte Freiwurf-König. Alle nannten ihn «Mailman». Because he delivered … always! Malone machte sich also bereit für diesen Wurf, der seinem Team einen weiteren Punkt und dadurch wohl den Sieg beschert hätte. Und während er dastand und den Basketball zur Hand nahm, ging Scottie Pippen von den Chicago Bulls zu ihm und flüsterte ihm etwas ins Ohr.»

«Was denn nur?» wollten die Frauen im Garten wissen. Claudia machte eine geheimnisvolle Miene und sagte: «The rest is history, meine Lieben.». Sicher sei nur, dass Karl Malone verschoss: «Also wenn ihr es genau wissen wollt: Michael Jordan holte sich den Ball und traf den Korb, was den Sieg für die Chicago Bulls bedeutete. Später in der Pressekonferenz wurde Scottie Pippen gefragt, was er denn Karl Malone ins Ohr geflüstert hätte. ‹I just said: The mailman does not deliver on Sundays!›»

In diesem Moment kam JJ um die Ecke, und die Frauen klatschten und riefen unisono: «Go JJ go!»

Drei sind einer zu viel

Die Frau oben am Tisch räkelte sich ein bisschen, bevor sie vorschlug, ebenfalls eine Geschichte aus dem Sport zu erzählen, die einige in der Runde schon kannten.

«Ich habe während meines achtzehnmonatigen Auslandaufenthalts mit Laufen begonnen. Wie jedes Wochenende beteiligte ich mich auch am 1. März 1997 an einem Lauf im Hyde Park des Road Runners Club. Es war ein eher milder Samstag in London. Nach ca. fünfzehn Minuten fiel mir ein Läufer auf, der schon einige Zeit unmittelbar neben mir rannte. Ich sagte diese verfänglichen Worte, die ich nie mehr zurücknehmen konnte. Auch wenn ich gewollte hätte. Das haben Worte so an sich. Dass man sie nicht mehr zurücknehmen kann, wenn sie raus sind. Ich sagte also: ‹We run the same pace.› Und er erwiderte lächelnd: ‹It seems like.› Dass dieser eine Moment mein Leben komplett auf den Kopf stellen und von Grund auf verändern würde, das hatte ich zu diesem Zeitpunkt nicht erwartet. Er hieß Jack und war Aktienhändler. Aber nicht solch ein Aktienhändler, wie ihr euch das jetzt vorstellt. Wirklich nicht. Er war warmherzig, intelligent, auf eine lustige Weise komisch und konnte eines wahnsinnig gut: rennen. Er war wirklich ein unglaublich guter Läufer. Und er war – auch retrospektiv betrachtet – der bescheidenste Mensch, dem ich je begegnet bin. Und da war noch etwas anderes, das mir gleich auffiel. Seine Präsenz. Er war stets genau dort, wo er sprach. Er war genau dort, wo er hinschaute.»

«Er war einfach bei dir», sagte Monika zusammenfassend und lächelte augenzwinkernd.

«Fortan liefen wir jedes Wochenende zusammen. Und wir klassierten uns in der Rangliste immer direkt untereinander. Zuerst mein Name. Dann seiner. Er wäre nie vor mir übers Ziel gelaufen. Zusammen oder knapp einen halben Schritt hinter mir. Das entsprach seinem ganz natürlichen Verständnis. Zum Zeitpunkt, als ich ihn im März 1997 traf, lebte ich bereits seit mehr als einem Jahr in England. Ich war verlobt – sehr glücklich verlobt – und die Vorfreude auf die bevorstehende Hochzeit war riesig. Am Samstag, den 19. Juli 1997 sollte das große Fest steigen. Das Hochzeitskleid bereits gekauft, die Lokalitäten reserviert, den Pfarrer benachrichtigt, die Familie und Trauzeugen eingeweiht. Nur die Anzeigen mussten noch verschickt werden. Das wollten wir machen, sobald ich zurück in der Schweiz war. Es gab seinerzeit noch keine Handys, um sich permanent Nachrichten zukommen zu lassen. Doch mein Verlobter und ich telefonierten mehrmals die

Woche und scheuten die Kosten dafür nicht. Ein gemeinsames Abendessen im Restaurant wäre teurer, sagten wir stets zueinander. Tatsache war aber auch, dass ich immer öfter mit Jack ausging. Zu den wöchentlichen Lauf-Treffs im Hyde Park kamen gemeinsame Abendessen in Restaurants. Eines Abends fragte ich ihn, wann er denn Geburtstag hätte. Er sagte: ‹My next birthday is 19/07/1997.› Worauf ich fast sprachlos erwiderte: ‹This is my password to log in to my computer: 19071997.› ‹Wow. What a coincidence. Why is that?›, fragte er. ‹This is my wedding day!›, meinte ich. Er sah mich ungläubig an, hob sein Weinglas und trank mehrere große Schlucke hintereinander, obwohl er das eigentlich nie tat, gleich drei große Schlucke. ‹Wenn das kein Zeichen ist!›, schoss es mir ständig durch den Kopf. Seit diesem Abend, seit dieser Stunde war ich total durcheinander. Ich glaubte nicht an die Symbolik von Zahlen, doch das war mehr als ein Zufall. Das wollte mir etwas sagen! Nur was? Wir spielten dann auch oft samstags im St. James Park Scrabble. Und einmal, als ich versuchte, mit den mir zur Verfügung stehenden Buchstaben ein möglichst langes, gutes, aber betont harmloses Wort zu finden, fragte er mich: ‹Tell me, how many tattoos do you have?› Stellt euch vor: Es war das Jahr 1997. Die Leute hatten damals nicht so oft Tattoos wie heutzutage. Aber seit dieser Frage sah ich ihn mit anderen Augen.»

«Wohl mit gierigen!», sagte Andrea, und die Frauen mussten lachen.

«Nein, nicht mit gierigen. Einfach mit anderen», verteidigte sie sich und fuhr fort: «Auf jeden Fall war die Zeit gekommen, als auch ich meine Koffer packen und in die Schweiz zurückkehren musste. Der Rückflug war für einen Samstagabend gebucht. Am Morgen ging ich noch mit Jack im Park laufen. Weil wir zeitlich etwas knapp dran waren, nahmen wir ein Taxi, um in meine Wohnung zurückzukehren. Und so saßen wir auf dem Rücksitz eines typischen Londoner Taxis, als er meine Hand nahm und sagte: ‹I've imagined this moment to be much different. I would have thought that I was going to buy the most beautiful ring for this occasion. But life has proven differently. And when I trust one thing in life, then it's this absolute certainty, that this happens only once in a lifetime. At least to me.› Ehrlich gesagt, mir war nicht ganz wohl bei seinen Worten und ich schaute nach vorne und sah die Augen und das verschmitzte Gesicht des Taxifahrers im Rückspiegel. Und so fragte mich Jack, verschwitzt in Joggingsachen und auf der Rückbank eines schäbigen Londoner Taxis: ‹Do you want to marry me?›»

«Aber du hattest doch schon jemanden, der dich heiraten wollte!», sagte Rose spöttisch.

«Eben!», sie hob schuldbewusst die Schultern und meinte: «Zwei sind halt manchmal einer zu viel!»

Langsam, wenn's eilt

Annika schaute in die Runde, sie schaute aufs Buch, sie schaute auf sich selbst und sie schaute schlussendlich ins Weite, nicht ins Leere. Vielleicht sollte sie dem Gespräch einfach seinen Lauf lassen. Und prompt kam unangekündigt aus der linken Ecke ein Beitrag. Es hörte sich so an, als ob diese Geschichte noch nicht so oft erzählt worden war.

«Ich beobachte mich seit fast drei Jahrzehnten, wie ich mein Leben lebe. Wie ich geheiratet und eine Familie gegründet, mich niedergelassen und ein Heim geschaffen habe. Ich beobachte meinen Mann, der seine Professuren an den Universitäten vorangetrieben, großzügig seinem Ehrgeiz Platz eingeräumt hat und jetzt wohl bald dran ist, den Übergang in den dritten – und wohl letzten – Lebensabschnitt zu gestalten. Das ist mein erstes Leben. Und ich sollte noch sagen, dass dies ein eigentlich gutes Leben ist. Wahrscheinlich ist es mehr, als ich mir je erhofft habe.»

«Und das zweite?», fragte Celine.

«Und das zweite Leben?», wiederholte die Frau rhetorisch. «Ich erinnere mich genau an den Tag, an dem dieses begann: In einer klaren Novembernacht vor der letzten Jahrtausendwende mit einem Händedruck auf dem Rücksitz eines Taxis. Weil ich in diesem Moment eine Lücke in meinem Leben erkannt hatte, deren ich mir vorher nicht bewusst gewesen war. Und genau in diesem Moment wurde sie gefüllt, und ich realisierte, wie sehr ich mich nach etwas gesehnt hatte, ohne es vorher benennen zu können.»

Nun war die Neugier der Anwesenden geweckt, und auch Annika wandte ihren Blick vom Buch ab. «Es hätte so viel zu erleben gegeben in dieser einen Novembernacht. Aber nein. Es blieb bei diesem Händedruck, der sich in mein Herz einmeißelte wie unleserliche Schriftzeichen in eine Felswand. Seither beobachte ich mich, wie ich in der lärmenden oder weniger lärmenden Verwirrung meines Daseins dieses zweite Leben mit meinen Wünschen, Sehnsüchten und Interpretationen fülle oder es vielleicht sogar damit überlade. Kein Mann kann so sein – so alles erfüllend – wie meiner. In meinem ungelebten Leben.»

Einige Frauen räusperten sich, andere rückten auf ihrem Stuhl nach hinten, wieder andere schnitten sich ein Kuchenstück ab und nochmals andere nippten am Wasserglas – und eine sagte: «Manchmal braucht es wirklich ein ganzes Leben, um einen einzigen Augenblick zu vergessen.»

Die Kuchenstücke wurden weniger, der Kaffee kälter, das Buch unwichtiger, die Sonne brennender. Nur die Geschichten nahmen unverändert ihren Lauf. Die nächste kam von der Frau, die in der Mitte des Tisches saß:

«Kürzlich war ich mit meiner erwachsenen Tochter im Kino. Wir schauten uns einen Film über den Jakobsweg an. Und was mich wirklich beeindruckt hatte, war, wie die Protagonistin sagte, dass sie zu Beginn des Weges lernen musste, das Tempo zu drosseln, damit sie die Strecke überhaupt schaffte. Und dass in der Langsamkeit viel mehr läge, als wir uns oftmals zugestehen würden. Es gibt doch auch diesen Spruch «Langsam, wenn's eilt». Später, nach dem Film, als meine Tochter und ich noch etwas trinken gingen, erzählte ich ihr, wie ich mich auf meinen Wanderungen selbst beobachte, wie ich oft zu schnell und zu fokussiert unterwegs sei. Meine Tochter schaute mich an, nahm einen Schluck von ihrem Drink und meinte, dass der Fokus schon immer ein wichtiges Thema für mich gewesen sei. Selbst als sie noch ein Kind gewesen war, wollte ich ihr vermitteln, wie wichtig es sei, sich auf etwas fokussieren zu können. ‹Aber weißt du Mama, ein zu großer Fokus kann blind machen für das Wesentliche. Und genau das ist die Grenze des Fokus. Johannes der Täufer auf jeden Fall, der zeit seines Lebens auf Jesus gewartet hatte, erkannte diesen nicht, als er vor ihm stand.› Ich schaute sie stolz an und sagte: ‹Aus dir wird einmal eine wunderbare Pfarrerin werden.› ‹Das ist noch ein weiter Weg mit dem Studium›, lachte sie, ‹aber eines ist heute schon sicher: Ich werde dich nicht trauen, wenn du dich entschließen solltest, ein zweites Mal zu heiraten!› Es entstand eine nicht unangenehme Stille. Wir schauten dem Treiben in der Bar zu und gerade als ich mich fragte, wie man den Töchtern wohl das Bewusstsein fürs «Je ne sais quoi» weitergibt, sagte sie plötzlich: ‹Mama, ich schäme mich so!› Meine Tochter legte ihren Kopf auf meine Schulter, und instinktiv vermied ich es, sie zu fragen, wofür. Anstelle sagte ich, so neutral wie möglich: ‹Du schämst dich.› ‹Ja, Mama. Erstens wie eine Erwachsene. Und zweitens wie ein Kind!› ‹Du schämst dich also doppelt?›, meinte ich und dachte, etwas Humor könnte der Situation nicht schaden. Sie stieß mich in die Rippen und lachte. Zumindest ein wenig: ‹Ach, Mama!› Und dann schüttete sie mir ihr ganzes Herz aus. Ich wusste ja, dass sie ein großes Herz hatte … Aber was da drinnen alles Platz hatte, erstaunte dann doch auch mich.»

Kaffee und seine Baristas

«Ich weiß nicht, ob das jetzt deplatziert ist, aber ich hätte einen Witz zu erzählen», sagte JJ und unterbrach damit die Stille. «Nur zu», forderte Monika sie auf.

«Ich kann nicht versprechen, dass er euch zum Lachen bringt. Den Witz meine ich! Also: Eine Frau erzählte ihrer Freundin, dass ihr neuer Liebhaber Ähnlichkeiten mit George Clooney hätte. ‹Ah wirklich? Sieht er auch so gut aus?›, fragte die Freundin. ‹Nun, das nicht unbedingt. Aber er trinkt halt auch gerne Nespresso!›»

«Gar nicht schlecht, JJ!», ermunterte Claudia sie und lachte. «Habt ihr gehört, dass die EU diese Kaffeekapseln verbieten will wegen des Abfalls?»

«Ja, aber nun hat die ETH Zürich in einer Studie bewiesen, dass Kaffeekapseln viel besser seien als ihr Ruf und oft besser abschneiden würden als Vollautomaten oder Filterkaffee. Tatsächlich sind sie auf Platz zwei. Gleich hinter dem gefriergetrockneten. Das hat mich erstaunt!», sagte Heather mit leichter Ironie.

«Woher weißt du solche Sachen?», wollte Rose wissen.

«Mein Mann hat es mir erzählt. Aber erst, nachdem er eine exquisite Kolbenmaschine für uns gekauft hat!», sagte Heather.

«Wer weiß, wie viele Tassen Kaffee pro Jahr und pro Kopf in der Schweiz getrunken werden?» Anita blickte in die Runde.

Andrea schaute etwas ernüchtert auf: «Nur, um ganz sicherzugehen. Wir sprechen jetzt wirklich über Kaffee? Kolben. Sofort löslich und solche Dinge?»

Rose nickte. «Natürlich, wovon denn sonst? Die Schweizer trinken sicher viel mehr Kaffee als sie Sex haben.»

«Genau!», sagte Andrea, «früher war Kaffee doch unser Codewort, also auch noch euer Codewort, wenn ihr wisst, was ich meine! Na gut, lassen wir das! Also, ich tippe auf achthundert pro Jahr und Kopf. Kaffeetassen, ist ja klar!»

«Gar nicht schlecht! Es sind tausendeinhundert», sagte Anita. «Wollt ihr eine wirkliche Kaffeegeschichte hören?»

«Also Kaffee, wie ich ihn trinke?», sagte Andrea und zwinkerte in die Runde. Alle blickten gebannt auf die Erzählerin.

«Nun. Schenkt euch ein, aber erwartet nicht zu viel von meiner Geschichte», begann die Frau und rührte bedächtig in ihrer eigenen Tasse. «Ihr habt ja alle die Einladung fürs Geburtstagsfest meines Mannes erhalten und wisst, dass er bald seinen

Runden feiert. Und da forderte ich ihn auf, mir zu sagen, was er sich wünscht.

‹Ach, meine Perle, du weißt doch, dass ich mir nichts wünsche. Ich hab' ja schon alles!›, sagte er wenig überraschend. So schnell gab ich mich jedoch nicht geschlagen: ‹Ich dachte, du könntest mir ja mal in einer Nachricht deine geheimen erotischen Wünsche schreiben!› ‹Im Ernst jetzt?›, fragte er mich erstaunt. ‹Natürlich!›, sagte ich und strich ihm gespielt verständnisvoll übers Gesicht und kniff ihn sanft und ermutigend zugleich in die Wange. Stellt euch vor, zwei Tage später kam dann tatsächlich eine Nachricht von ihm, und ich muss ihm zugestehen, dass er sich – wenigstens – ein klein wenig aus dem Fenster gelehnt hat. Und am Schluss der Nachricht schrieb er: ‹Und jetzt du!› Aber ihr wisst ja, wie beschäftigt ich mit den Kindern, der Arbeit und dem Haushalt bin, zudem musste ich noch zum Friseur und Kuchen backen für einen guten Zweck. Also machte ich es mir einfach und suchte im Buch *Fifty Shades of Grey* eine Passage, in der es so richtig zur Sache geht. Ich schrieb diese ab, ersetzte die Namen mit unseren und klickte auf senden. Ich glaube, er erkannte weder das Buch noch mich wieder.»

Sie hörte die Frauen lachen und nahm einen Schluck Kaffee, bevor sie fortfuhr: «Auf jeden Fall schrieb er lediglich: ‹wow. Wow. WOW!›. Und fügte in seiner Nachricht an: ‹Dann müssten wir ja noch ein paar – wie soll ich sagen – Utensilien besorgen.› ‹Ja, lass uns das als Einstimmung gemeinsam machen. Wir finden schon einen Erotik-Shop in der Nähe!›, schrieb ich ihm zurück, doch er meinte, es wäre ihm lieber, ich würde es online bestellen. ‹Meinst du wegen des Rückgaberechts?›, fragte ich ihn. ‹Zum Beispiel›, schrieb er zurück und fügte ein Tränen-Lach-Smiley an.»

«Und jetzt? Hast du alles schön eingepackt für den großen Runden?», wurde sie von Celine gefragt. «Nun, das bleibt mein Geheimnis», erwiderte sie. «So oder so freue ich mich auf die Party», sie stockte einen Moment und zwinkerte mit dem linken Auge, «also, die Geburtstagsparty!»

«Deine Geschichte inspiriert mich, meinem Mann nach all den Jahren endlich ehrlich und offen zu sagen, dass ich die dunklen Grand-Cru-Pralinen, die er mir immer wieder schenkt, gar nicht gerne habe. Oder besser gesagt: nicht mehr gerne habe. Entweder verschenke ich sie hinter seinem Rücken, bringe sie ins Büro oder verfüttere sie an Hunde, die sich in unserem Garten verirren!», sagte die Frau, die ganz links oben saß.

«Auf den Mut, liebe Frauen! Und auf den Kaffee! Kolben. Kapseln. Filter. Hauptsache heiß, stark und löst sich – und mich – sofort auf!», meinte Rose mit ihrem charmanten französischen Akzent und hob ihre Tasse in die Höhe.

Verschling mich

Das nächste Geständnis kam von der Mitte des Tisches: «Ich habe manchmal das Gefühl, dass ich ohne meinen Mann gar kein richtiges Bild von mir selbst habe! Fast so, als ob wir beide in Symbiose leben. Stellt euch das mal vor!» Sie rieb sich ihre Hände an der Stirn. «Als ob sich bereits Schlingpflanzen um mich gebildet haben, vor denen ich mich als Kind immer so gefürchtet habe. Ich erinnere mich, wie ich nachts oft aufgewacht bin, weil mich dieser Albtraum heimsuchte. Diese grüne, lebendige Pflanze, die sich um meinen Körper schlang. Da hatte mich nur meine Mama beruhigen können. Und eine warme Ovomaltine. Und heute? Heute kann ich manchmal gar nicht mit Bestimmtheit sagen, welche nun die Gefühle meines Mannes und welche meine eigenen sind. In solchen Momenten frage ich mich tatsächlich, ob ich ohne ihn überhaupt noch leben könnte.»

Worauf Monika bedächtig ihre Kaffeetasse zum Mund führte und fragte: «Meinst du, ein Leben ohne ihn wäre dann nur noch ein Leben ohne ihn?»

«Ja. So ähnlich.» Ihr Blick schweifte ab. «Ich glaube halt einfach an die ewige Liebe», sagte sie, «zumindest, solange sie dauert.» Und dann mussten sie lachen.

«Apropos ewig», tönte es vom oberen Ende her. Es war die Frau im schönen gelben Kleid: «Mir passierte es in einer früheren Beziehung oft, dass ich mit meinem Partner haargenau denselben Gedanken hatte. Keineswegs einen offensichtlichen, der aus der Situation heraus plausibel war. Dann fragte er mich etwas, das ich nie mehr vergessen werde: Wenn wir noch hundert Jahre zusammenlebten, würden wir dann ein und dieselbe Person?»

«Das erinnert mich an einen Film, in dem er zu ihr gesagt hatte: ‹It feels to me as if we created a new human being called us!› Was für eine unheimliche Vorstellung, denke ich heute, obwohl ich gerne mit meinem Partner durchs Leben gehe und am liebsten gemeinsam ankomme», sagte Anita.

«Du meinst wohl, gemeinsam kommen, unsere liebe Kaffeetante», rief Andrea. JJ hielt sich den Bauch, auch die anderen Frauen lachten mit, als Claudia zu erzählen begann. «Letztens war mein Mann wirklich wütend auf mich. Da bin ich zu ihm gegangen, habe ihm sanft die Zeitung aus der Hand genommen und so gemacht.» Sie bückte sich zu JJ, presste die Lippen zusammen und machte mehrmals «Puh». JJ hielt sich noch immer den Bauch. «Diese Instruktionen zum Küssen entnahm ich als

Teenager einem Comic. Ich erinnere mich, als ob es gestern gewesen wäre!», sagte Claudia.

«Das machst du gut. Ich habe das Gefühl, ich scheitere oft am fehlenden Mut. Manchmal traue ich mich nicht mal mehr, meinen eigenen Mann zu verführen», gestand Claudias Gegenüber.

«Dann mach doch ein Spiel daraus!», schlug Anna vor. «Als ich kürzlich für einige Tage geschäftlich in Lausanne war, fand ich, dass ich den Sprachkenntnissen meines Mannes etwas auf die Sprünge helfen könnte. Dabei erinnerte ich mich an mein erstes französisches Schulbuch mit den Bildergeschichten über die Familie Leroc. Ich machte also ein Selfie, wie ich im Hotel ankomme, schickte es ihm und schrieb dazu: ‹Mme Leroc est arrivée à l'hôtel. Elle est fatiguée.› Er antwortete sofort: ‹Elle va prendre une douche. La serviette va tomber de son corps.› Aha. Future proche.»

Anna schaute in die Runde, und erntete ein kräftiges Thumbs up von den Frauen. Heather gab auch eine gute Idee zum Besten: «Oder schicke ihm doch einfach ein selbsterfundenes Horoskop aufs Handy: ‹Die Sterne meinen es gut mit Ihnen. Der heutige Tag ist in jeglicher Hinsicht entspannt. Im Job äußert sich das durch eine angenehme Arbeitsatmosphäre und privat durch die florierende Liebesbeziehung. Nutzen Sie die Gunst der Venus und überraschen Sie Ihre Frau mit ihren Lieblingsblumen und einer Einladung für einen kühlen Drink am Wasser.›»

«Stellt euch vor, in unserer letzten Sitzung mit der Paarpsychologin beklagte ich mich über die Ruhe im Bett, obwohl mein Mann eigentlich ziemlich laut schnarcht. Sie verordnete uns für zwei Wochen ein striktes Sex-Verbot. Das nähme Druck raus und man könne quasi wieder von vorne beginnen. Sich neu entdecken, nebeneinander nackt im Bett liegen, sich betrachten; solche Dinge halt. Aber dabei die Stoppregel wirklich einhalten. Ich darf euch nicht sagen, was mein Mann der Paarpsychologin geantwortet hat.»

«Also, liebe Frauen. Es ist alles da. Wir sollten uns nur die Zeit dafür nehmen», brachte es Monika fast ein wenig philosophisch auf den Punkt.

Ella zog ihr blaues Jäckchen aus und erzählte: «Ich habe mir neulich Gedanken darüber gemacht, ob ich mich beruflich nochmal neu orientieren möchte. Und auf der Suche nach Möglichkeiten habe ich mir überlegt, was ich eigentlich als Kind gerne gespielt habe. Da kam mir als erstes «Der Postschalter» in den Sinn, und wie wild und gerne ich Briefe abgestempelt habe. Oder es fiel mir das Doktorspiel mit dem Jungen aus der Nachbarschaft ein. Beides leider nicht sehr hilfreiche Ideen im Hinblick auf eine berufliche Neuorientierung.

Also beschloss ich, erstmals eine neue Sprache zu lernen. So stehe ich jeweils vor dem Spiegel und wiederhole laut die Worte der Online-Schulung: ‹attraversiamo. Dov'è il panificio? Vorrei un caffè macchiato.› Aber ich finde es so anstrengend, und mir fehlt es an Durchhaltewillen und manchmal auch an der Motivation.

Und so frage ich mich immer öfter, ob ich meine Zeit wirklich für das Erlernen einer neuen Sprache nutzen soll. Es heißt ja, dass man die Sprache am besten im Bett lerne. Und dafür sind meine Voraussetzungen leider denkbar schlecht. Nicht nur, weil mir dazu der passende Italiener fehlt, sondern auch, weil ich Effizienz und Zielstrebigkeit beim Sex fürchte wie der Teufel das Weihwasser.» Die Frauen lachten.

«Und ganz offen gesagt, interessiert mich die nonverbale Körpersprache und Mimik fast mehr. Habt ihr euch auch schon gefragt, wann genau euer Gegenüber unwillkürlich die Augenbraue hebt? Oder wann dessen Augen nach unten schauen und wann es sich unbewusst die Finger zusammenkneift? Experten sprechen von sogenannten Mikroexpressionen, also unwillkürlichen Bewegungen der (Gesichts-)Muskeln, die auf die wahre und allenfalls unterdrückte Emotionslage hindeuten. Nicht, dass ihr mich falsch versteht. Ich will damit nicht unbedingt herausfinden, ob die Person lügt oder die

Wahrheit sagt, nein, ich will vielmehr lernen, wie ich mein Gegenüber besser verstehen kann. Und ich will dadurch mein eigenes Bewusstsein schärfen. Vielleicht auch weniger reden; mehr zuhören und beobachten. Manchmal schaue ich jedoch meine eigenen Kinder an und kann nicht sagen, was in deren Köpfen und Herzen vorgeht. Ich höre sie reden, ich sehe sie im Alltag beim Verrichten ihrer Dinge – und frage mich immer häufiger, wie sich deren Leben wirklich gestaltet. Wovor haben sie Angst? Was beschäftigt sie? Was muss das Entsetzlichste für sie sein? Ehrlich gesagt, ich weiß es nicht!»

Die Frauen schauten Ella verständnisvoll an, doch keine sagte ein Wort. Die Stille wurde unterbrochen, indem die Freundin mit den dezenten Ohrringen sagte: «Und ich möchte euch gerne eine sehr persönliche Geschichte erzählen. Vor ein paar Wochen machte ich allein einen Städteausflug nach Fribourg, weil ich – nachdem ich die Romanbiografie *Niki de Saint Phalle und die Pracht der Frauen* gelesen hatte – mir Zeit nehmen wollte, die Werke dieser Frau zu entdecken, die zeit ihres Lebens geliebt und gehasst, bewundert und beleidigt wurde. Nachher schlenderte ich über die mittelalterliche Stadtmauer, bestaunte gotische Fassaden, erklomm über die dreihundertfünfundsechzig Stufen sogar den Turm der Kathedrale und genoss von ganz oben eine spektakuläre Aussicht auf die Stadt und die Voralpen. Dann trank ich in einem der ältesten Gasthäuser einen Kaffee, ließ mich vom Geräusch der vorbeiplätschernden Saane berieseln, blätterte etwas lustlos in der Museumsbroschüre und schaute den anderen Touristen zu, wie sie sich hinter ihren Telefonen versteckten oder mit Selfie-Sticks Fotos machten. Später bestellte ich zusätzlich zum Kaffee noch ein Mineralwasser und lehnte mich entspannt zurück. Kurz darauf nahmen wir den Lift in den dritten Stock. Es war noch früh am Nachmittag. Das Zimmer war nicht sehr groß, stilvoll eingerichtet und hatte einen kleinen Balkon mit einer wunderbaren Sicht über die Stadt. Ich deckte den Bistrotisch auf dem Balkon mit den wenigen Dingen, die wir zuvor gemeinsam in einer Bäckerei eingekauft hatten. Zwei Nussgebäcke mit Hefeteig, einen Nidelkuchen, ein Schinken-Sandwich und zwei Getränke. Ich beobachtete diesen fremden Mann und seine Gestik genau, als wollte ich mir die Art, wie er sich bewegte, einprägen. Für später. So, dass ich dieses Bild ständig in meinen Gedanken immer wieder abrufen konnte. Ich lehnte meinen Kopf an ihn, während er einen Schluck aus der Getränkeflasche nahm. Wir redeten wenig, und trotz unserer Fremdheit breitete sich eine sehr angenehme Atmosphäre von Vertrautheit, Präsenz und Ruhe zwischen uns aus. Eine knappe Stunde später ging ich ins Bad, wo ich meine Hände wusch und mir kaltes

Wasser in mein Gesicht klatschte und damit auch meinen Nacken kühlte. Ich trug ein hellgrünes, ärmelloses Sommerkleid, und als er nach drinnen kam und nach mir schaute, hob er mich auf das Badezimmermöbel und begann, meine nackten Schultern zu küssen. Die Kellnerin klopfte mir leicht auf die Schultern, und ich schreckte auf. Ich musste eingeschlafen sein. Hier inmitten in der Fribourger Altstadt. Ich schaute die freundliche Kellnerin verdutzt an, lachte und strich mir die Haare aus dem Gesicht. Die Museums-Broschüre lag noch immer vor mir auf dem Tisch.»

Einatmen. Ausrasten

Andrea räumte die leeren Kaffeetassen ab und meinte, dass es jetzt höchste Zeit für Erdbeeren und Rosé-Prosecco sei. «Ich habe aus dem Film *Pretty Woman* gelernt, dass Erdbeeren den Geschmack von Prosecco unterstützen», sagte Maude. «Und was hast du sonst noch gelernt?», wollte Annika wissen. «Dass es immer eine gute Idee ist, den Mann am Abend nach getaner Arbeit mit einer Krawatte zu empfangen», antwortete sie keck. Andrea lachte, während sie die schönen, neuen mit Erdbeeren gefüllten Schalen auf den Gartentisch stellte und alle Gläser großzügig mit Sekt füllte. Zu guter Letzt verteilte sie jeder Frau einen Glückskeks und ermunterte alle, die Sprüche laut vorzulesen.

JJ war die Erste. Bei ihr stand: «Rauf auf den Chefsessel!» Während alle lachten, war Erika als Nächste dran: «Die schönsten Falten kommen vom Lachen.» Monika nahm einen Schluck Wasser und zitierte: «Die Seele hat die Farbe deiner Gedanken.» Claudia las: «Einatmen. Ausrasten.» Bei Heather stand: «Stell dir vor, der andere bist du.» Anna brach den Keks entzwei, nahm sich ein Stück und las: «Einmal gesungen ist zweimal gebetet.» Ella war die Nächste: «Wenn du Wasser trinkst, denke an die Quelle.» Maude roch am Prosecco-Glas und las laut vor: «Lass dir nicht von einer Zahl sagen, wie alt du bist!» Anita nahm sich eine Erdbeere und sagte, bei ihr stünde «Follow your heart completely!» Rose vermeldete: «Bei mir steht: ‹Style goes never out of fashion.›»

«Und was steht bei dir, Andrea?», wollte Rose wissen. «Das innere Kind kann mich mal!», antwortete diese lachend und erhob ihr Glas in die Runde.

«Diese Glückskekse erinnern mich an eine Geschichte», sagte eine der Frauen, die in der Mitte des Tisches saß. Sie trug ein hellblaues, mit feinen Blumen gemustertes Wickelkleid, flache Sommerschuhe, hatte eine Sonnenbrille in den Haaren und einen dezenten Ehering am Finger, den sie beim Erzählen oft unwillkürlich berührte und drehte: «Vor allem den Spruch ‹Stell dir vor, der andere bist du› finde ich passend, wenn ich euch jetzt von der Paartherapie erzähle, die ich mit meinem Mann begonnen habe: ‹Ich weiß gar nicht mehr, warum wir überhaupt zur Paartherapie hinwollen!›, sagte mein Mann, als wir vor der Praxis einen Parkplatz suchten. ‹Damit dir eine neutrale Person endlich sagt, dass du meinst, du wüsstest alles, ich aber immer recht habe›, sagte ich lachend und mit einem Augenzwinkern. Er nahm meine Hand und küsste meinen linken Ringfinger. Wir wurden dann von einer nicht unattraktiven Therapeutin empfangen. Es störte mich ein wenig. Dass sie nicht unattraktiv war, meine ich. Sie bat uns, auf den Stühlen, einem der vielen Kissen oder auf der Couch Platz zu nehmen. Mein Mann sah mich etwas verdutzt an und ich deutete aufs Sofa. Es schien mir von allen Optionen die sicherste. So saßen wir nebeneinander und schauten die Therapeutin an, die meinte, dass es in der ersten Sitzung vor allem um die gemeinsamen Ziele gehe. Zuerst möchte sie jedoch mit einer einfachen Übung starten, die unserem Vorstellungsvermögen auf die Sprünge helfen sollte. Ich sah zu meinem Mann rüber. Er sagte nichts, doch die feine Mimik in seinem Gesicht sprach Bände. ‹Bitte vervollständigen Sie beide unabhängig voneinander diesen Satz, ohne lange nach dem Wort zu suchen. Sind Sie bereit?› Wir schauten uns an und nickten beide. ‹Unsere Beziehung empfinde ich als …› ‹… unkompliziert›, antwortete mein Mann postwendend, während ich immer noch nach einem Wort suchte und vier Augen auf mich gerichtet waren. ‹… echt›, sagte ich schlussendlich. Obwohl ich auch ‹alltäglich› hätte sagen können. Oder ‹nicht so romantisch› oder ‹vorhersehbar›. Solche Dinge halt. Aber nein, ich sagte sie nicht. Ich sagte ‹echt›. ‹Sehr gut, das ist doch schon mal ein Anfang. Diese Übung eignet sich übrigens auch für viele andere Situationen, um sich einen ersten

Überblick zu verschaffen›, meinte die Therapeutin und schlug ihre dünnen Beine übereinander, die in stylischen Strümpfen steckten. Es ärgerte mich ein wenig, so schöne Beine in so sexy Strümpfen. Es war dann mein Mann, der sagte: ‹Ehrlich gesagt weiß ich nicht, weshalb wir beide hier auf diesem Sofa sitzen. Es gibt sicherlich Paare, die haben viel größere Probleme als wir.› ‹Natürlich gibt es das›, stimmte ich ihm zu, ‹aber Probleme werden nicht gelöst, indem man auf noch größere Probleme verweist!› ‹Aber vielleicht, indem man sich auf das Pro im Wort Problem fokussiert.› Das war der zweite Input der Therapeutin. Ich sah meinen Mann von der Seite an, studierte sein Profil und fragte mich, ob ihn eigentlich die leicht grauen Schläfen und die Falten interessanter machten. Nicht unbedingt für mich selbst, aber für andere. Andere Frauen zum Beispiel. Ich verwarf den Gedanken und wandte mich dem Grund dieses Besuches zu: nämlich meiner in die Jahre gekommene Ehe und hoffte, das eine hätte mit dem anderen nicht viel zu tun!»

«Und was passierte dann?», fragte Anita.

«Ja, und dann sagte mein Mann etwas, das mich – wie soll ich sagen – völlig überraschte. Er sagte: ‹Ich liebe dich heute mehr als vor meiner Affäre!› Ich hörte nur, was ich verstand und sagte: ‹Ich dich auch!› Aber dann, nach einem kurzen Moment, erweiterte sich meine Wahrnehmung und ich hörte mich fragen: ‹Welche Affäre?› Mir wurde mit einem Schlag schwindlig. Die Therapeutin schaute meinen Mann wortlos an. Er, der das Geständnis gemacht hatte, schien sich ertappt zu fühlen. ‹Was denken Sie, wie sich Ihre Frau jetzt fühlt?›, fragte sie. Mein Mann öffnete den Mund, schien es sich dann aber anders zu überlegen und machte ihn wieder zu. Obwohl es Frühling war, musste ich an Weihnachten denken. Und zwar wie Emma Thompson im Film *Love Actually* Haltung und Würde bewahrt, als sie die CD auspackt. Daran musste ich tatsächlich denken, als ich aufstand, die beiden kurz anblickte und den Satz sagte, bei dem ich mich stets fragte, wann er aufgrund seiner Distanz, Förmlichkeit und Etikette je zum Einsatz käme: ‹Bitte entschuldigt mich.› Und fügte dann weniger förmlich noch an: ‹Ich habe tatsächlich Besseres zu tun als diesen Scheiß hier.›»

«Und dann bist du einfach gegangen?», fragte Anna.

«Ja, dann bin ich gegangen.»

«Aber wohin?», wollte Anna wissen. «Ich setzte mich auf eine Bank in einem kleinen Park, atmete tief durch, sammelte mich und tat dann das, was jede Frau in einem solchen Moment tun sollte.»

«Und was sollte eine Frau in einem solchen Moment tun?», wollte Ella wissen. «Einen Glückskeks öffnen», sagte Celine und öffnete sofort die Verpackung ihres Gebäcks. Sie las laut vor: «Setze deinen Fuß in die Luft. Sie wird dich tragen!»

«Wunderschön!», meinte Ella. «Hat sie dich auch getragen, die Luft?» Sie blickte ihre Freundin mitfühlend an.

«Vielleicht ein bisschen. Vielleicht war es tatsächlich die Zugluft, die mich in die Stadt geweht hat. Aber nicht, bevor ich einen Anruf getätigt habe!»

«Und mit wem hast du in dieser Situation telefoniert?», fragte Heather.

«Mit meiner ersten Liebe! Zwei Stunden später saß ich mit Carlo in der Ecke einer rauchigen Bar, in der nicht mehr geraucht werden durfte. Das Licht war schummrig, die Musik dezent, der Service aufmerksam, die Drinks genau richtig und die Erinnerungen schön und wohltuend für meine geschundene Seele. Ich schaute ihm zu, wie er immer noch die Reste der anderen Gäste aufaß und halbvolle Gläser leertrank. Dort eine angefangene Mineralflasche und da eine Tapas-Platte mit stehengelassenen Tortillawürfeln. Das hatte er schon vor dreißig Jahren gemacht, lange bevor Food Waste in aller Munde war. Er hasste Verschwendung seit eh und je. Aber an jenem Abend wiederholte er noch eine andere Geste aus früheren Zeiten. Als ich von der Toilette zurückkam und mich wieder zu ihm setzte, schaute er mich an und strich mir eine Strähne sanft aus dem Gesicht. ‹Du bist ein Schlitzohr und du weißt es!›, sagte er lächelnd und fügte an: ‹Dazu immer noch ein sehr hübsches!› Nun, so wahnsinnig schlitzohrig kam ich mir in diesem Moment leider nicht vor. Schließlich war ich eine betrogene Frau. Mit zwölf Anrufen in Abwesenheit auf ihrem Handy. Aber das alles ließ ich schön beiseite und wandte mich meinem Begleiter zu. ‹Und du wolltest wirklich unsere Gedichte im Musenalp-Express veröffentlichen?›, fragte dieser ungläubig. Ich nickte und zitierte lachend einen kleinen Ausschnitt: ‹Anfangs warst du ein Stern. Und inzwischen bist du der Mond, der alleine an meinem Himmelszelt steht!› ‹Ach, diese wunderbaren Achtzigerjahre. Ich singe heute noch Wort für Wort mit, wenn unsere Songs gespielt werden. Das erste Mal richtig verliebt.› Carlo hielt einen Augenblick inne und fuhr dann fort: ‹Das Leben hielt viel für mich bereit. Aber nicht mehr dieses eine Gefühl.› ‹Weshalb hast du eigentlich nie geheiratet?›, fragte ich weniger zögernd, als ich wollte. Er schaute mich an, drehte seinen Kopf leicht ab und sagte. ‹Du willst es genau wissen! Und ich sage es dir ganz ehrlich. Ich habe nie geheiratet und nie Kinder bekommen, und ich bereue nichts. Außer vielleicht, dass ich nie geheiratet und nie Kinder bekommen habe.› Er lächelte gequält und machte eine lange Pause. Ich sah in ihm, was er für mich stets gewesen war. Dieser Wirbelwind, der mit seiner Trompete immer noch in einer Band spielt, früher bei Open

Airs auftrat und später im Zelt dafür sorgte, dass ich mich so erwachsen gefühlt hatte wie nie zuvor. Oder danach. Während meiner ganzen Ehe hatte ich keinen außerehelichen Sex gehabt. Das erschien mir nicht primär als Verzicht, sondern einfach als eine Selbstverständlichkeit. Bevor ich mir überlegte, was mir fehlte, schaute ich lieber genau hin, was ich alles hatte. Also verabschiedete ich mich auch an diesem Abend lange nach Mitternacht gewissenhaft und anständig von meinem Begleiter, der mich nicht nur vor bald fünfunddreißig Jahren zur Frau gemacht hatte, sondern der mir am besagten Abend über einen schwierigen Moment hinweghalf, ohne es selbst zu wissen. Ich verneinte höflich und bestimmt, als er mich fragte, ob er mich nicht bis nach Hause begleiten sollte und nahm stattdessen den Zug.»

«Liebe Frauen, es ist höchste Zeit für einen weiteren Glückskeks», sagte Annika und zerbrach ihren in zwei Stücke, nahm den kleinen Zettel heraus und las vor: «Weg vom Warum. Hin zum Wozu.»

«Zu philosophisch. Viel zu philosophisch!», rief JJ und schnappte sich auch noch einen Keks. «Versuchen wir es mit diesem: Stop hating, start baking! Ich weiß nicht, ob das nun viel besser ist?», lachte sie und legte ihrer Freundin liebevoll den Arm um die Schultern. «Magst du weitererzählen?», fragte sie. «Ja. Natürlich. Aber zuerst genehmige ich mir noch einen Schluck dieses herrlich kühlen Proseccos!», sagte diese, ehe sie fortfuhr:

«Anstatt nach Hause zu gehen, ging ich an den See, wo mich mein ganzes Elend einholte. Ich setzte mich auf eine Holzbank; sie war hart, dunkel und ungemütlich. Die Gedanken, wie mein Mann mit einer anderen Frau schläft, ebenso. ‹Wie sie wohl aussieht?›, fragte ich mich und spürte, wie diese gemeine, hinterhältige Lustangst mich wie ein Schlag überkam. Dieses zwiespältige, ambivalente Gefühl aus einer Mischung von bedrückender Angst und gleichzeitiger Lust, etwas über die Affäre erfahren zu wollen. Gleichzeitig wollte ich mir einreden, dass ich eine kluge, erfahrene Frau war, die keine Bilder in ihrem Kopf kreieren sollte, die sie anschließend vielleicht nie wieder vergessen könnte. Ob er dabei ein schlechtes Gewissen hatte? Sich über mich, meine Naivität und meine Großartigkeitsgefühle lustig machte? Vielleicht sogar postkoital? Mir wurde schlagartig schlecht bei diesem Gedanken und ich hechelte elendig vor mich hin. Und gerade in dem Moment, als ich zu mir selbst sagte, ich sollte jetzt einen kühlen Kopf bewahren und nicht in Panik geraten, spürte ich eine Hand auf meiner rechten Schulter – und begann hemmungslos zu weinen.»

Die Frauen rund um den Tisch waren ergriffen und berührt über so viel Offenheit und Ehrlichkeit. Wie oft neigen wir dazu, Dinge schönzureden oder sogar über Dinge zu lügen, von denen es schön wäre, wenn sie der Wahrheit entsprächen. Aber es ist die Offenheit, die uns miteinander verbindet, sagte eine der Frauen. Es war Heather.

Ein kühler Luftzug wehte, aber in Andreas Gartenecke war es nach wie vor angenehm warm und einen Augenblick lang ganz still. Dann erzählte unsere Freundin mit ruhigen Worten gefasst weiter: «‹Zu Hause fehlt der Mensch, den ich von allen Menschen am meisten liebe und respektiere und achte und bewundere!› Es war die Stimme meines Mannes. Er stand hinter mir, löste meine Haarklammer, strich mit seinen Fingern durch meine Haare und band sie wieder neu zusammen. Ich ließ es geschehen und war froh, dass er hinter und nicht vor mir stand. ‹Weißt du, worum ich mich am meisten betrogen fühle?›, fragte ich mit überraschend klarer Stimme und sprach weiter, ohne seine Antwort abzuwarten. ‹Um die einzelnen Phasen dieser Krise und schlussendlich um die gemeinsame Bewältigung. Ich durchlebte nämlich nur eine Phase: die Verdachtsphase. In der Zeit, in der du oftmals glücklicher wirktest als sonst. Aktiver. Du aber meine Vermutungen und Befürchtungen stets verneintest und irgendwelche Ausreden hattest. Das führte dazu, dass ich dir und deinen Unwahrheiten mehr vertraute als meiner Intuition. Du hast mich und meine Glaubenssätze lächerlich gemacht.› ‹Nie könnte jemand dich oder deine Art zu leben je lächerlich machen›, sagte er. ‹Weshalb hast du es – nach all dieser Zeit – gestanden? Weshalb hast du sie nicht ruhen lassen, die Wahrheit?› ‹Weshalb ich die Wahrheit nicht habe ruhen lassen?›, wiederholte er meine Frage. ‹Weil es manchmal nicht viel braucht, damit man etwas begreift. Keinen Blitz, der einschlägt, kein Erdbeben mit Stärke 5,5 auf der Richterskala. Manchmal schleicht sie sich einfach an, die Wirklichkeit. Es war an einem Freitagabend, als wir ein paar Freunde zu Besuch hatten und ich in der Küche nach dem Hauptgang die Espressokanne aufgeschraubt und den gepressten, alten, kalten Kaffeesatz vom Morgen ins Spülbecken geklopft hatte. Er zerbröckelte, und während ich ihn wegspülte, hörte ich eurer Runde in der Stube zu. Es ging darum, ob man all die Kosten fürs private Internat dem Erbe des betroffenen Kindes anrechnen sollte oder ob in der Familie das Need-Prinzip Vorrang hatte. Während du eine klare Meinung vertratst, konnte ich die Gleichzeitigkeit der Ereignisse, die sich in meinem Leben abspielten, nur schwer ertragen. Und dann erkannte ich es.› ‹Was erkanntest du in diesem Moment?›, fragte ich müde. Erneut nahm er meine linke Hand und küsste meinen Finger, an dem ich immer noch meinen dezenten Ehering trug: ‹Das! Das habe ich erkannt.›»

Eine Frage der Schuld

«Aber er hat dich betrogen!», rief eine der Frauen aufgebracht. «Schlussendlich ist es seine Schuld!»

«Wer macht sich denn schuldiger? Der, der betrügt oder der, der nicht vergeben kann?», fragte eine andere. «Vielleicht heißt Treue ja auch, wieder zusammenzufinden.»

«Spürst du nicht die Angst, ihm niemals wieder völlig vertrauen zu können?»

Erika beobachtete die rege Diskussion der Frauen und fand, es wäre an der Zeit für ihren Standpunkt, der immerhin ihre mehr als fünfundsiebzig Jahre Lebenserfahrung widerspiegelte: «Wir alle sagen oft, dass Vertrauen das höchste Gut in einer Beziehung sei und wissen aber gleichzeitig, dass es die totale Sicherheit nicht gibt. Verlustängste gehören genauso dazu wie die Angst vor zu viel Nähe. Es ist ein nicht zu unterschätzender Balanceakt zwischen sich einlassen und den anderen nicht einengen.»

«Du meinst, die Ängste zeigen uns auch auf, wie viel uns unser Lieblingsmensch tatsächlich bedeutet?» fragte Heather und schaute Erika an.

«Ja, vielleicht. Vielleicht geht es aber auch darum, eigens darauf zu vertrauen, dass die Geschichte mit dem Partner grösser ist als die Bedrohungen, die tagtäglich von allen Seiten kommen könnten.»

Nun meldete sich Rose zu Wort: «Ich habe mal etwas sehr Schönes über das Vergeben gelesen, nicht das Versöhnen, das wäre etwas anderes. Aber dass Vergebung uns kreativ und frei mache und wir dadurch unser eigenes Leben wieder mit mehr Leichtigkeit gestalten könnten.»

«Ja, vielleicht hat er aber auch einfach gerade noch rechtzeitig gemerkt, dass selbst der betörendste Duft des Nachtjasmins in der Dunkelheit am hellen Morgen verblasst!», meinte Andrea und hob belustigt ihre Schultern. «Trotzdem, ich finde, er ist zu weit gegangen und hat eine Grenze überschritten. Und dann wird es ein Leichtes sein, sie ein weiteres Mal zu übertreten. Die Hemmschwelle sinkt mit jedem Mal!», tönte es vom unteren Ende des Tisches.

«Oder wir können uns bei einer Grenzüberschreitung in einer Beziehung fragen, ob es das jetzt war oder ob man nicht die Grenzen erweitern sollte», meinte Monika. «Du meinst, bis die Liebe grenzenlos wird?», fragte Annika mit einem Augenzwinkern. «Ich glaub, es geht in solchen Momenten – und eigentlich in jedem Moment – darum, wer wir sein wollen. Und ob man sich selbst in seiner eigenen Beziehung mag!», gab Celine zu bedenken. «Also ich finde mich unwiderstehlich! I'm so damn close to perfect, it almost scares me!», sagte JJ. «Und seien wir doch mal ehrlich: Seit sogar Shakira und Lady Di betrogen wurden, kann doch keine von uns mehr ruhig schlafen!» Alle Frauen mussten lauthals lachten.

«Weißt du eigentlich inzwischen, wie die Affäre deines Mannes ausgesehen hat?», fragte Maude. Die Freundin verneinte und erntete dafür viel Lob und Anerkennung. «Ehrlich gesagt frage ich mich manchmal, was mir lieber wäre: Eine, die jünger und schöner ist als ich. Oder lieber eine weniger attraktive, vielleicht sogar ältere Frau, die in Chemie oder Mathematik promoviert hat! Ich weiß es wirklich nicht. Das erste könnte frau so einfach abtun als die Wirren eines alternden Mannes, aber bei der Chemikerin mit Falten und schlaffem Knie wird das schwieriger», sagte eine der Frauen und fuhr lachend fort. «Wie könnten wir das in unserem Umfeld rechtfertigen?»

«Ein guter und sehr berechtigter Einwurf. Ich frage mich manchmal auch, ob eigentlich die Qualität eines Liebhabers immer auf die Ehefrau zurückgeht», Anita schaute in die Runde. «Oder einfach auf die Frau, die zuletzt mit ihm geschlafen hat!», fügte Claudia spöttisch an. Ella meinte, dass sie sich an eine Frage erinnern könne, was einen guten Liebhaber ausmache.

Die Frauen schauten sie gespannt an und Ella räusperte sich: «Nun, die Antwort war leider etwas enttäuschend. Es sei die Frau, die dem Mann das Gefühl verleihe, ein guter Liebhaber zu sein!» Ella winkte ab und meinte, dass wir Frauen generell viel zu weit gingen mit unserem Altruismus.

«Und trotzdem finde ich, dass wir mitverantwortlich sind, wie wir die Männer aus unseren Betten in die große, weite Welt entlassen. Es strahlt – oder eben nicht – ja schließlich auch auf uns zurück!», gab Anna zu bedenken. Worauf Maude meinte, man sähe es doch einem Mann an, ob er ein guter Liebhaber sei oder nicht. «Ich auf jeden Fall habe mich schon schwer getäuscht!», sagte die Frau, die in der Mitte des Tisches saß. «Einmal schlief ich mit einem Mann, der hatte ein ausgesprochen erogenes Trommelfell und meinte tatsächlich, dass sich auch meine erogenen Zonen rund ums Ohr befänden. Worauf ich versuchte, mich sachte wegzudrehen. Und wisst ihr, woran ich tatsächlich denken musste in diesem Moment? Dass ich in der ersten Runde des *Spiel des Wissens* nicht wusste, wie die drei Gehörknöchelchen hießen. Hammer, Amboss und Steigbügel. Das waren noch Zeiten. Auf jeden Fall wandte ich mich dann meinem Gegenüber zu: ‹Augen auf, Ohren zu. Und durch!›, dachte ich!»

«Augen auf. Ein nicht zu unterschätzender Faktor», sagte Rose augenzwinkernd, «aber mal ehrlich: In einem solchen Moment macht man doch die Vorgängerinnen mitverantwortlich für diese

Misere.» JJ sagte echt selbstbewusst: «Deshalb lebe ich getreu dem Motto: Ich wag's, ich sag's!» Alle stimmten mit ein und Andrea erhob ihr Prosecco-Glas in die Runde: «Prost liebe Frauen!»

Die Wahrheit über die Lüge

Die Frauen öffneten weitere Flaschen des kalten Rosé-Proseccos und es wurde lebhaft durcheinander gesprochen, als plötzlich eine Freundin ins Leere blickte und sagte: «Ich bin eine Lügnerin. Seit genau vierzehn Jahren, acht Monaten und zwölf Tagen zerschellt die Wahrheit regelmäßig in meinem Mund. Manchmal in mehr als tausend Stücke.»

Alle schauten sie an und Monika legte sanft ihre rechte Hand auf ihre linke Schulter. Keine sagte irgendetwas. Maude stellte ihr schwitzendes Prosecco-Glas leise zurück auf den Tisch. Sogar der freche Spatz, der schon die ganze Zeit über auf dem Tisch herumgehüpft war und versucht hatte, Krümmel vom Gebäck zu picken, verharrte einen kurzen Augenblick reglos in der Luft und flog dann zurück auf den Ast der großen Linde. Die Freundin legte ihr hübsches Gesicht in ihre zitternden Hände und schluchzte kaum hörbar. Es waren Tränen der Scham. Und der Erleichterung.

Am Tisch war es plötzlich sehr still. Monikas rechte Hand verharrte bewegungslos auf der linken Schulter der Freundin; man hörte nur ihr leises Weinen. Claudias Augen schauten kaum wahrnehmbar in die Runde, und ihr Blick blieb hoffnungsvoll bei JJ hängen. Wenn eine vermochte, einer Situation mit ansteckendem Humor ihre Ernsthaftigkeit zu nehmen, dann war es JJ. Doch diese schaute nach unten, formte ihre linke Hand sachte zu einer Faust, führte sie zum Mund und räusperte sich wiederholt. Wahrscheinlich denkt sie gerade an ihre eigenen Lügen, ging es Claudia durch den Kopf und musste dabei unwillkürlich lächeln. Jede Frau verstand unmittelbar, dass es sich bei ihrer Freundin nicht um eine Notlüge handelte, sondern zweifellos um eine Lebenslüge. War sie in eine Dreiecks-Beziehung verstrickt? Hatte sie erfahren, dass sie ein Adoptivkind war? Hatte sie bei ihrem Nachdiplomstudium das Plagiat-Gesetz zu großzügig ausgelegt? Hatte sie sich ein Erbe erschlichen? War ihr Mann nicht der Vater ihrer Tochter? Oder hatte er irgendwo eine zweite Familie? Ging sie nachts, wenn die anderen Freundinnen von Hitzewallungen und dunklen Gedanken heimgesucht wurden, einer Beschäftigung im Rotlicht-Milieu nach? Liebte sie eine Frau? Fakt war, die Frauen wussten es nicht.

Anita war die schnellste Rechnerin der Runde: «Du hast dieses Geheimnis bald ein Drittel deines Lebens mit dir herumgetragen. Weshalb jetzt? Weshalb heute?», fragte sie mit leiser Stimme. «Manchmal sind die besten Entscheidungen die, die man gar nicht trifft. Sondern die, die einfach geschehen.

Überfordere dich nicht. Du musst heute gar nichts entscheiden oder preisgeben!» Worauf Anna sachte sagte: «Es ist nun mal nicht einfach, die Wahrheit über die Lüge zu sagen. Aber deine Lüge ist ja sicherlich nicht aus Bösartigkeit entstanden.»

«Aber aus Feigheit!», sagte die Freundin zu sich selbst und blickte ins Leere. Sie fühlte sich wie in Watte gepackt und hörte all die gut gemeinten, aufmunternden und unterstützenden Worte der Frauen wie aus weiter Ferne.

«Lass die Härte nicht dein Feind sein. Begegne dir mit Milde und Nachsicht. Genauso, wie du es uns gegenüber auch tun würdest. Versuche vielleicht auch, alles nochmals von der Liebe durchleuchten zu lassen. Möglicherweise erscheint dir dann das Ganze in einem anderen Licht.»

«Wenn du einen Sinn darin siehst, dann wirst du auch bereit sein, dafür einzustehen und die Konsequenzen zu tragen.»

«Schonungslose Ehrlichkeit kann auch Intimität auslösen. Manchmal ist es unser Stolz oder das Wahren eines Scheins, der uns an der Wahrheit hindert. Vielleicht beginnt alles neu, auch wenn du im Moment das Gefühl hast, dass alles enden könnte!»

JJ gingen diese gut gemeinten Sprüche zu weit; sie waren wenig fassbar, weshalb sie nach etwas Leichterem suchte: «Wie könnte es sich für dich anfühlen, wenn du die Wahrheit sagst?» Und fügte

augenzwinkernd hinzu: «Oder zumindest die hal-
be?» Die Freundin schaute müde auf, öffnete ihren
Mund, doch ihr Satz enthielt keine Worte. Nur ein
leises Schluchzen.

Flieg rückwärts

«Lasst uns untertauchen!», sagte Celine überzeu-
gend und zweideutig. «Los, holt eure Badeanzü-
ge und wir gehen alle zusammen zum See!» Anna
meinte: «Tolle Idee! Ich habe mal gehört, dass es im
Leben zwei Dinge gibt, die man nicht bereut: Kinder haben und im kalten Wasser schwimmen!»

«Und eine meiner Freundinnen sagt immer: ‹No
one ever works out or goes for a walk and then co-
mes back home and regrets it›», sagte Andrea mit
einem Lachen, während sie die Haustür abschloss
und die blaue Luftmatratze unter den Arm klemm-
te, die vor der Garage stand.

Kaum am See angekommen, zogen die Frauen
unkompliziert und ungeniert ihre Badekleider an,
legten ihre Tücher auf die warme Wiese und spür-
ten die angenehm sanfte Brise auf ihren Gesichtern.
«Könnt ihr euch noch an den Geruch und an die
Konsistenz des Sherpa Tensing-Sonnenöls aus den
Achtzigerjahren erinnern? Wir wollten unbedingt
braun werden und verzichteten gerne und freiwil-
lig auf die Sonnenschutzwirkung. Heute bezahlen
wir es mit Altersflecken wie zum Beispiel diesem
hier!», Claudia erhob lachend ihre rechte Hand mit

dem dunklen Fleck. Die Leichtigkeit und Ausgelassenheit nach diesen intensiven Gesprächen taten allen gut. Einige sprangen direkt in den See, andere benetzten sich vorher mit Wasser und wieder andere sprachen sanft und freundlich mit den vorbeischwimmenden Enten und Schwänen. Andrea legte die Luftmatratze aufs Wasser und lud die Freundin ein, sich darauf treiben zu lassen: «Schließ einfach deine Augen und halte dein hübsches Gesicht der Sonne entgegen. Altersflecken und Geheimnis hin oder her.» Sie zwinkerte ihr aufmunternd zu. Monika schaute etwas sehnsüchtig aufs glatte Wasser und meinte: «Wenn ich ein Tier sein müsste, dann wäre ich am liebsten eine Ente. Die kann schwimmen und fliegen!» Annika fragte: «Wisst ihr, welcher Vogel als einziger rückwärts fliegen kann? Und zwar gleich schnell wie vorwärts.» Die Lehrerinnen unter ihnen wussten es: «Die Kolibris. Mit ihren beweglichen Flügeln können sie auf der Stelle fliegen, aber auch seitwärts und sogar rückwärts», sagte Maude, und Ella nickte zustimmend. Die Freundin auf der Luftmatratze hob ihren Kopf, ließ die Arme links und rechts ins Wasser gleiten und meinte etwas gequält: «Ich würde es tun wollen: rückwärts fliegen!»

Heather schwamm zu ihr, griff nach der Luftmatratze und steuerte sie langsam und gleichmäßig in einem großen Kreis herum: «Was wäre denn, wenn du rückwärts fliegen könntest?» Die Freundin, der es auf Andreas Luftmatratze zu gefallen schien, stützte ihren müden und von der Sonne schwer gewordenen Kopf in die Hände: «Ich würde rückwärts nach Genf fliegen. Zurück ins Jahr 2008. In diese außergewöhnlich kalte und außergewöhnlich romantische Novembernacht.»

Nun war das Interesse der Frauen geweckt. «Würdest du denn gerne diesen Abend nochmal erleben wollen?», fragte Rose und hielt ihre schön manikürten Füße ins erfrischende Wasser. Die Freundin schaute in die Runde und schüttelte vehement den Kopf. Vielleicht ein bisschen zu vehement. «Ich würde zurückfliegen», sie hielt einen Augenblick inne und lächelte, «rückwärts natürlich – in die moderne Genfer Bahnhofshalle und zu dem Moment, in dem ich mich am Ticketautomaten umgedreht und gelächelt und zweimal hintereinander ungläubig seinen Namen gesagt habe. Ich würde selbstbewusst meinen Mantel enger binden und den Kragen hochkrempeln, das Ticket aus dem Automaten nehmen und sagen, dass ich es eilig hätte, weil die Züge ja bekannterweise nicht warten würden. Ich würde mich höflich und bestimmt verabschieden und einige Stunden später müde in meinem sicheren Zuhause ankommen. Mit einem reinen Herz. Einem reinen Gewissen. Und einer riesengroßen Sehnsucht.»

Kaum hatte sie zu erzählen begonnen, stürzte sie sich kopfüber von der Luftmatratze ins kühle

Nass. Sie schwamm schnell, vorbei an den quaken-
den Enten und den paddelnden Wassersportlern, in
die Mitte des Sees. Es schien den Frauen, als ob sie
einen Adrenalinrausch hatte, womöglich verursacht
durch die aufsteigende Panik, die sie spürte, je mehr
sie sich der Wahrheit zuwandte. «Kennt ihr den
derzeit angesagtesten Sommerdrink?», fragte Anita
in die Runde.

«Gespritzter Weißwein, süß!», rief Claudia lachend und konnte einmal mehr nicht verhehlen,
dass sie es nicht so hatte mit den Trends. Da halfen
leider auch gut gemeinte Buch-Geschenke wie *Pari-
ser Chic* oder *Look (better) Book* ihrer Freundinnen
nicht weiter.

«Ich glaube, das wird ein langer Abend. Ich werde uns Salz, Zitronen, Limettensaft, Grapefruit-
limonade und Tequila besorgen. Und Eiswürfel.
Dann mixen wir den Cocktail und *the Sunset* kann
kommen!», sagte Anita, deren Badeanzug noch tro-
cken war, beschwörend. Sie zog sich ihr hübsches,
leichtes Sommerkleid über und drei andere taten es
ihr gleich. Zu viert machten sie sich mit der kurzen
Einkaufsliste auf den Weg. «Kann man den Tequila
auch pur trinken?» Es war Maude, die diese Frage
hinterherrief. Ella schaute zurück, winkte ab und
musste laut lachen. Die anderen Frauen blieben zurück und schauten ihrer schwimmenden Freundin
zu. Auch sie hatten das Gefühl, dass sie noch eine

Weile auf ihren Strandtüchern verweilen würden, denn mit der Wahrheit ist es manchmal wie mit gutem Wein, für dessen Entfaltung es Zeit braucht.

Die Cocktails waren serviert, die Freundin vom Schwimmen zurück.

«Ich war auf dem Heimweg von einer zweitägigen Geschäftsreise, und Genf wurde an diesen Tagen von einem verfrühten Wintereinbruch überrascht, was den Flugbetrieb komplett lahmgelegt hatte. Ich entschied mich, mit dem Zug nach Hause zu fahren und war gerade dabei, in der Bahnhofshalle ein Ticket zu lösen, als ich eine mir bekannte Stimme sagen hörte: ‹Hey Beautiful!› Wann hatte ich ihn zuletzt gesehen? Ich wusste es auf den Tag genau. Ich hätte nicht mit ihm ein Taxi nehmen sollen, das mit uns die Rue de la Servette hinunterfuhr und dann weiter über die Mont-Blanc-Brücke. Ich hätte nicht denken sollen, dass die schneebedeckte Stadt mit ihrer Weihnachtsbeleuchtung absolut märchenhaft aussah. Ich hätte mich nicht von den schönen Ufern des glitzernden Genfersees im Schneegestöber verzaubern lassen sollen. Ich hätte vermeiden sollen, dass der Fahrer vor einem kleinen Bistro anhielt und wir gemeinsam ausstiegen. Ich hätte zögern und es nicht geschehen lassen sollen, als er ganz selbstverständlich meine Hand nahm und mich ins Restaurant führte. Aber ich tat es nicht. Stattdessen erzählten wir einander während des Abendessens alles aus den vergangenen Jahren. Alles, was wir nicht und alles, was wir bereits voneinander wussten. Er sagte, dass er seit wenigen Wochen als UN-Sonderbeauftragter für sein Land in Genf war. Während er redete, dachte ich, dass er sich eigentlich nicht verändert hatte. Sein dichtes schwarzes Haar war vielleicht etwas kürzer, aber seine grünen Augen waren noch dieselben. Ebenso wie seine Gestik und seine Mimik und sein Lachen. Während er redete, dachte ich – ehrlich gesagt – auch, dass ich ihn eine Ewigkeit ansehen könnte. Und dass mich einzig dieser auf ihn gerichtete Blick glücklich machen würde. Dass ich nichts anderes mehr wollte, als ihm zuzuhören. Für den Rest meines Lebens. Doch den habe ich jemand anders versprochen. Den Rest meines Lebens, meine ich. Natürlich hatte ich Lust, ihn mitten auf den Mund zu küssen. Doch eines war mir seit meinem Hochzeitstag zu jedem Augenblick meines Lebens bewusst: ich war eine verheiratete Frau. Ich würde meine Ehe, meine Sicherheit – beides der eigentliche Kern meiner Geborgenheit – nicht leichtfertig aufs Spiel setzen für ein bisschen Begierde und ein bisschen Leidenschaft. Nie hätte ich früher gedacht, dass im Laufe meines Lebens die Sicherheit das Wichtigste werden würde. Doch so war es. Die Sicherheit umgab mich wie ein leichter, temperaturausgleichender Seidenschal, der im Sommer angenehm kühlt und im Winter wohlig wärmt. Trotzig streifte ich in Gedanken den Seidenschal ab und fühlte mich unsicher, als er mich fragte, ob ich ihn ins Hotel begleiten würde. Aber ich spürte mit jeder Faser meines Körpers, dass es schlussendlich halt doch die Unsicherheit war, die Lebendigkeit und Antrieb erzeugt. Und seien wir mal ehrlich: Wegen eines Kusses kommt doch nicht das ganze Glück einer Ehe ins Wanken. Und so standen wir dann gemeinsam vor der majestätischen Fassade des Hotel d'Angleterre, wo seinerzeit die UN-Sonderbeauftragten für gewöhnlich untergebracht waren. Ich fragte ihn, ob der Name des Hotels die UN-Mitarbeitenden nicht in Interessenskonflikte bringen könnte. Er schaute mich amüsiert an, berührte sanft meine Nasenspitze und flüsterte mir ins Ohr: ‹Versprichst du mir bitte, dass du dir nicht die ganze Nacht darüber den Kopf zerbrichst?› ‹Ich versuche mein Bestes›, sagte ich und lächelte, ‹aber versprechen kann ich es nicht.›»

Tequila Sunset

«Es ist Zeit für einen Tequila pur!», fand Maude, und alle – na ja, fast alle – stimmten ihr zu. Nur JJ sagte, sie müsse leider passen, weil sie in New York einmal in einer zwielichtigen Bar so viele Tequilas getrunken hatte, dass sie nicht mehr selbst hatte gehen können. Der Taxifahrer hatte sich stur wie ein Esel geweigert, sie mitzunehmen. ‹We need to call the ambulance!›, hatte er stattdessen gesagt, ‹it's illegal for me to take people in such a condition in my cab!› JJ hatte für solche Kleinigkeiten kein Verständnis, war aber ein für alle Mal vom Tequila geheilt. Die Frauen benetzten ihren Handrücken mit Zitrone, streuten Salz darauf, leckten es ab, tranken den Shot in einem Zug und bissen genüsslich in die Zitronenscheibe.

«So, so, du konntest es also nicht versprechen!», sagte Ella und griff dadurch die Worte der Freundin auf. Die lachte: «Ich könnte euch jetzt erzählen, wie er vor dem Hotel seinen Zeigefinger auf meinen Mund legte, ich ihn anschaute, mich auf die Zehenspitzen stellte und ihn küsste. Ich könnte euch auch verraten, was im Lift passiert ist oder später im Hotelzimmer. Aber in Rücksichtnahme auf euch tue ich es nicht!», sagte sie augenzwinkernd. «Ich sage nur, dass ich am nächsten Morgen das Hotel verließ, während er noch schlief. Und jetzt hört gut zu: Ich habe ihm eine Nachricht hinterlassen!»

Celine schlug die Hände vor ihr Gesicht: «Ich hab's befürchtet!»

«Und was hast du geschrieben?», wollte Rose – und alle anderen auch – wissen.

«Ich nahm den edlen Notizblock mit dem eingestanzten Logo des Hotel d'Angleterre und schrieb darauf: ‹Even if I drink huge amounts of water, nothing and nobody can ever quench my thirst.›»

«Das ist nicht dein Ernst!», rief Andrea ungläubig.

«Doch!», gab die Freundin kleinlaut zu und hob unschuldig ihre Schultern.

«Ach du meine Güte! Unsere kleine Dramaqueen!», tönte es von der Mitte, und alle lachten, als die Freundin fortfuhr: «Kurz nach sieben rief mein Mann an, der ebenfalls auf Geschäftsreise war: ‹Wo bist du?›, fragte er besorgt. ‹Ich bin da, wo meine Füße sind!›, sagte ich übernächtigt, müde und etwas genervt. ‹Und wo sind die schönen Füße meiner Frau?›»

Die Freundin machte eine rhetorische Pause, und man sah ihr an, dass sie mit Wehmut an ihren Aufenthalt in Genf dachte, der fünfzehn Jahre zurücklag. Plötzlich sagte sie wie aus dem Nichts: «Letzte Woche kam ich am Abend von der Arbeit nach

Hause, da saß mein Mann mit unserer Tochter am Küchentisch und half ihr mit den Hausaufgaben. Während ich meinen Mantel in der Garderobe aufhängte und die Schuhe auszog, hörte ich ihn geduldig sagen, dass Licht eine elektromagnetische Welle darstelle, die transversal zur Ausbreitungsrichtung schwinge. Die Tochter versuchte es zu vereinfachen und sagte: ‹Okay, Licht ist – simpel erklärt – eine Form der Energie. Diese Energie entsteht nämlich durch eine Lichtquelle, die sich im Raum ausbreitet und somit die Umgebung erhellt. Und die Gesichter der Menschen. Und erst Licht macht Farben überhaupt sichtbar. So wie wir Menschen uns – oder sich vielmehr unsere Stimmungen – ständig ändern, so verändern sich im Laufe eines Tages auch die Lichtverhältnisse. Das wiederum kann unsere Stimmung beeinflussen.› ‹Ja›, meinte mein Mann, schaute unsere Tochter stolz an und lehrte weiter, dass Licht sich mit einer konstanten Geschwindigkeit in einem Raum ausbreite, nachdem es entstanden sei, der sogenannten Lichtgeschwindigkeit. Und dass beim Sonnenauf- und -untergang das Licht einen längeren Weg durch die Atmosphäre zurücklegen müsse als am Tag und ein Großteil des blauen Lichts nicht mehr zur Erde gelange und deshalb das rote Licht überwiege. Das typische Rot würde durch das Anstrahlen von Wolken zusätzlich verstärkt. Unsere

Tochter seufzte und sagte dann spöttisch: ‹Und wenn es dunkel wird und das Licht verschwindet, dann kommt der Papa und erzählt die Gutenachtgeschichte vom kleinen Bären, der die Sterne zählt.› Mein Mann strich ihr durch die Haare, die zu einem Pferdeschwanz gebunden waren. Während ich den beiden gerührt zuschaute, fragte ich mich, ob mein Mann und ich Komplizen sind. Er fragt nicht. Und ich sage nichts.»

«Das ist ja nicht zum Aushalten, diese Geheimniskrämerei!», sagte Andrea vehementer als gewollt. «Der Tequila hält es nicht mehr lange aus. Und ich auch nicht!» Andrea musste wider Willen lachen und fuhr fort: «Du warst also mit dem UN-Sonderbeauftragten in einem schönen Genfer Hotel, sagtest deinem Mann am Telefon, du seist dort, wo deine Füße seien und erzählst uns, wie Theo, dein Mann, mit eurer Tochter Hausaufgaben macht und alles übers Licht weiß. Du erwähnst eine mögliche Komplizenschaft unter euch beiden. Möchtest du nicht mal zum Punkt kommen? Es wird ja wohl nicht dieser eine Abend im Hotel – wie hieß es nochmal – d'Angleterre gewesen sein, der deine ganz große Lebenslüge ausmacht!»

Die Freundin blickte Andrea an, ohne dass man recht wusste, was durch ihren Kopf ging: «Es war die romantischste Nacht meines ganzen Lebens!», sagte sie und lächelte leicht gequält.

«Die bisher romantischste Nacht deines Lebens!», fügte Ella augenzwinkernd an. «Wie schön du das gesagt hast: die bisher romantischste Nacht», sagte auch Heather und fügte hinzu: «Vielleicht kommt das Beste ja wirklich erst morgen!»

«Theo ist nicht der Vater meiner Tochter!»

Jetzt war es raus, und für einen Moment wurde es ganz still unter den Freundinnen.

Das Geheimnis des Könnens

Es war Celine, die die Stille unterbrach: «Was sollte er denn sonst sein, wenn nicht der Vater eurer Tochter», sagte sie, ohne eine Antwort abzuwarten. «Ich erlebe Theo seit bald fünfzehn Jahren. Ich habe ihn beobachtet, wie er eurer Tochter am Übungshang in Laax unermüdlich den Stemmbogen beigebracht hat. Ich sehe die beiden gemeinsam im Dorf beim Einkauf und wie er ihr beim Fußballturnier nach dem verschossenen Elfmeter Mut zugesprochen hat. Du hast eben erwähnt, wie gerührt du warst, als du die beiden am Küchentisch erlebt hast.» Sie machte eine Pause und fuhr ruhig und bestimmt fort: «Ja, er ist vielleicht nicht der biologische Vater eurer Tochter, aber er ist ihr Papa. Er liebt seine Familie, wie man eine Familie nur lieben kann. Dich als seine Frau und sie als eure Tochter.»

Alle Augen waren auf Celine gerichtet. Wo sie recht hatte, hatte sie recht. Die Freundin schnappte nach Luft. Sie schaute Celine dankbar an und dachte, dass diese die Gabe hätte, der Schwere mit ihrer Leichtigkeit das Gewicht zu nehmen. Zumindest vorübergehend.

«Theo und ich haben es während vieler Jahren versucht. Nie wurde ich schwanger. Alle Abklärungen haben nichts ergeben. Alles in bester Ordnung, hieß es stets vonseiten der Ärzte. Und dass wir uns nicht unter Druck setzen sollten. Diese Geschichten halt.

Und dann ging ich geschäftlich nach Genf. Traf auf den UN-Sonderbeauftragten, den ich übrigens seither nie mehr wiedergesehen habe. Und ich ahnte nicht, dass diese kleine Reise anders enden würde als alle anderen Geschäftsreisen zuvor. Und mein Leben umkrempeln und meinen letzten Tag als ehrliche, aufrichtige Frau besiegeln würde. Denn ab dieser Begegnung begann sich mein Lügenkarussell zu drehen. Manchmal so schnell, dass es mir schwindlig wurde und ich mich regelrecht übergeben musste. Zum Beispiel als mir die zwei Striche auf dem Schwangerschaftstest Gewissheit gaben. Oder als ich Theo das Ultraschallbild schickte. Oder als wir gemeinsam über dem Stubenwagen wachten und unsere Tochter mit ihren winzigen Fingerchen Theos Zeigefinger umklammerte und er mich fragte, wessen Augen sie wohl hätte. Nachher begann Theo fast krampfhaft, ihre Ähnlichkeit zu mir zu unterstreichen. Nur ihre blauen Augen blieben ein Rätsel. Und deshalb dachte ich, Theo und ich seien die ganze Zeit über Komplizen gewesen. Er hat nicht gefragt. Und ich habe nichts gesagt.»

Anna legte die Hand auf ihre und wollte wissen, ob sie es je versucht hätte, Theo und allen Beteiligten die Wahrheit zu sagen.

«Unzählige Male habe ich es versucht!», sagte die Freundin im Flüsterton, «aber ich konnte es einfach nicht!»

«Ich will nicht besserwisserisch tönen», sagte JJ, «ich glaube einfach daran, dass das Geheimnis des Könnens im Wollen liegt!» Man konnte meinen, dass es ein vorwurfsvoller Blick war, mit dem Claudia ihre Freundin JJ anschaute. Aber dafür kennen die beiden sich schon viel zu lange, als dass sie sich solch verbale Patzer übelnehmen würden. Aber in dieser Situation schienen JJs Worte Claudia unpassend, und sie schupste sie sanft unter dem Tisch, worauf JJ verständnislos ihre Schultern hob und dann beschwichtigend anfügte: «Im Wollen. Und natürlich im richtigen Augenblick, wollte ich eigentlich sagen. Darin liegt das Geheimnis des Könnens!» Sie warf Claudia einen vielsagenden Blick zu, der sagen wollte: «Zufrieden?»

Claudia verdrehte die Augen, und obwohl sie nicht so recht wusste, was sie sagen sollte, meldete sie sich zu Wort. Sie hatte zwar mal gelesen, dass Vor- und Ratschläge wie Schläge für den Empfänger wirken könnten. Weil das Ding dabei sei, dass man in die Offensive ginge und das Gegenüber ja vielleicht gar keinen Ratschlag wolle, sondern nur das

Bedürfnis hätte, über Sorgen und Ängste zu sprechen. Claudia hatte auch mal gehört, dass man das Verb «erziehen» nicht verwenden solle im Zusammenhang mit den Kindern. Denn dann zöge man an ihnen. Und vielleicht zöge man sie sogar in eine Richtung, die den Kindern gar nicht gefallen würde. Besser verwende man das Verb «begleiten», was – seien wir mal ehrlich – eigentlich dem Laisser-faire gleichkam.

JJ hatte wenig Verständnis für solche Gedanken. Sie war eine pragmatische Frau und fand, dass ein Rat stets gut gemeint sei. Man konnte den Schlag ja einfach weglassen. Sie jedenfalls empfand Vorschläge als echte Unterstützung und hörte stets genau hin, um am Schluss genau das zu machen, was sie wollte.

Nun gut. Claudia sagte also: «Geh doch mit Theo auf eine Wanderung. Nebeneinander laufen gibt ein gutes Gefühl, ihr schaut in dieselbe Richtung und habt den Blick frei … für schöne Aussichten!» Selbst ihr schienen diese Worte etwas abgedroschen, doch besser konnte sie es im Moment nicht formulieren. Glücklicherweise kam JJ ihr zur Hilfe: «Das ist eine tolle Idee. Das Laufen lehrt einen viel fürs Leben. Und einen langen Atem kannst du jetzt auch gut gebrauchen!», sagte sie.

JJ in Ehren. Aber eben …

Anna fand, dass eine Wanderung sicherlich eine gute Idee wäre, doch sie fand es ebenso wichtig, der Wahrheit im eigenen Zuhause zu begegnen: «Sodass ihr einander gegenübersitzen und in die Augen schauen könnt. Ich glaube, die Situation erträgt diese Gegenüberstellung nicht nur, es erfordert sie sogar. Und wenn du dazu eine feine Suppe machst, wirst du sehen, dass ihr sie nicht so heiß esst, wie du sie – im wahrsten Sinne des Wortes – gekocht und aufgetischt hast!» Es war offensichtlich und berührend, wie alle um den Tisch herum Versammelten mit ihrer Freundin fühlten.

Annika hatte auch einen interessanten Gedanken: «Wie wäre es, wenn du das Gespräch als deine Psychologin führen würdest? Dann könntest du über dich selbst in der dritten Person sprechen. Zugegeben, es ist ein ziemlich feiges Pronomen, aber es gibt eine willkommene Distanz. Du erzählst dann einfach offen und ehrlich die Geschichte einer Frau, die das Leben geschrieben hat. Zudem kannst du pointiert psychologische Erklärungen einfügen!» Die Freundin lächelte: «Wäre es nicht ein wenig unfair? Theo müsste in der Ich-Form sprechen, weil er keinen Psychologen hat.»

«Er wird vermutlich bald einen brauchen!», gab Andrea humorvoll zu bedenken, und alle mussten lachen. Nach einer kurzen Pause nahm Anita die Hand der Freundin und sagte: «Du hast jetzt von uns ein paar Rezepte gehört. Einige davon mögen Nebenwirkungen für dich haben, weil jede von uns ja aus ihrer eigenen Sicht und Lebensgeschichte heraus argumentiert. Aber ich bin überzeugt, dass du den richtigen Weg und die passenden Worte finden wirst. Genauso wie ich überzeugt davon bin, dass dieser Moment keiner sein wird, in dem dein Leben eine drastische Wendung nimmt und es aufhört zu existieren, wie du es bisher gekannt hast. Es wird einfach mehr Klarheit bringen und der Endpunkt deiner Lüge sein.»

Alle schauten zu Anita, es war still und einige nickten unwillkürlich, bis Maude fragte: «Und was ist denn eigentlich mit dem UN-Sonderbeauftragten? Den sollten wir nicht vergessen. Immerhin hat er eine tolle Tochter, von der er nichts ahnt. Was wissen wir über ihn, außer, dass er ein hervorragender Barista ist und weiß, wie man Kaffee serviert?»

Die Freundin schaute Maude an: «Du hast recht. Natürlich muss ich es ihm auch sagen. Aber meine erste Priorität haben Theo und unsere Tochter. Danach kann ich mir immer noch Gedanken machen, wie wir weiter miteinander kommunizieren. Das Wichtigste für mich ist, dass ich es euch heute sagen konnte. Es erinnert mich an die Momente, in denen ich meine Tochter ermutigte, über Dinge zu sprechen, die sie belasten. Weil dadurch die Belastung fünfzig Prozent ihres Gewichtes verlieren würde.

Worauf meine Tochter fragte, was denn mit den anderen fünfzig Prozent sei.»

Ja, auch die Mathematik hat ihre Grenzen.

Ferien gut, alles gut?

Darauf wusste JJ einen Witz zu erzählen: «Beim Elternabend sagte die Lehrerin zu den Eltern: ‹Ihre Tochter Klara kann weder addieren noch dividieren.› Worauf die Mutter meinte: ‹Latein ist egal, Hauptsache sie kann gut rechnen.›»

Die Frauen nippten an ihrem Tequila, und Erika begann, die kleinen Väschen auf dem Tisch neu zu arrangieren. Dabei machte sie ihrer Tochter Claudia ein Kompliment für die schönen Wiesenblumen, die sie aus ihrem – sagen wir mal – sehr naturbelassenen Garten mitgebracht hatte: «Das sind bestimmt über zwanzig verschiedene Sorten: Schafgarbe, Kornblume, Flockenblume, Husarenknopf, Portulak-Röschen, Liebeshainblume–» Ihre Aufzählung wurde von Anita unterbrochen: «Diese Namen werde ich mir merken, Erika! Wenn ich joggen gehe, versuche ich mich nämlich oft mit dem Blumen-ABC. Ich zähle dann im Kopf alle auf, die mir in den Sinn kommen: Alpenrose, Bartnelken, Chrysanthemen.»

«Und was sagst du bei X?», wollte Maude wissen.
«X-welche», lachte Anita.

«Bekommt ihr eigentlich Blumen von euren Männern?», wollte Rose wissen.

«Seit ich meinem Mann ganz zu Beginn unserer Beziehung gesagt habe, diese Besen aus dem Supermarkt am Freitagabend könne er sich ein für alle Mal sparen, bringt er mir keine mehr», erzählte Anna, und Claudia konnte sich gut an diese Szene erinnern.

Monika schaute die beiden und meinte, sie hätte mal etwas richtig Schönes über Blumen gelesen, als sie in Amerika war: «What is the point in having the flowers if you don't spend some time smelling them?»

«Daran erinnere ich mich genau», sagte Heather. «Ich habe diesen Satz sogar zitiert, als ich mal bei meinem Gynäkologen war und ein Blumenbouquet auf seinem Schreibtisch sah. Ich wollte die Besprechung mit etwas sehr Unverfänglichem beginnen, also sagte ich zu ihm: «Schöne Blumen haben Sie. Ich frage mich einfach, what is the point in having the flowers if you don't spend some time smelling them?»

«Das ist nicht dein Ernst!», lachte Maude, «das hast du wirklich zu ihm gesagt? Er hat sich sicherlich direkt in dich verliebt. Ein bisschen, zumindest.» Heather musste lachen und hob unschuldig ihre Schultern. Die Frau neben ihr fragte: «Claudia, hat nicht mal dein Frauenarzt gesagt, dass man sich – auch funktionstechnisch – keine Sorgen machen müsse, wenn der Sex in den Ferien gut sei?» Claudia schaute sie belustigt an: «Ja, so ähnlich. Ist schon eine Weile her!»

«Und was ist», fuhr die Freundin zu ihrer Linken fort, «wenn es in den Ferien gar keinen Sex gegeben hat?»

«Ja dann, dann weiß ich auch nicht so recht!», sagte Claudia und musste über die Ehrlichkeit und Offenheit ihrer Freundin lauthals lachen. «Da fährt man jahrelang mit den Kindern in den Urlaub und wünscht sich sehnlichst ungestörte Momente herbei, in denen man in Ruhe ein romantisches Abendessen genießen oder nachts im Meer baden könnte. Solche Dinge halt. Aber dann, wenn man nur noch zu zweit im Urlaub ist und die Zeit kommt, in der man das alles könnte, ist die vorüber, in der man kann. Oder will. Ist das bei euch auch so? Ich meine, da kam ich eines Abends nach dem Essen in – für meine Verhältnisse – schon sehr gewagter Unterwäsche ins Schlafzimmer und mein Mann fragte mich, ohne die Lesebrille hochzuheben, ob ich meinen Pyjama suche. Er schien von den steigenden Aktienkursen hingerissener zu sein als von meinem Auftritt. Überhaupt habe ich das Gefühl, dass die ständigen Push-Nachrichten auf seinem Handy fast seine gesamte Aufmerksamkeit erfordern.»

Ein Seufzer der Enttäuschung und der Desillusion entwich ihr. «Auch bei den Männern kommt, wenn es auf die Lebensmitte zugeht, auf den Körper eine große Veränderung zu, die sich nicht selten in einer kleineren Libido zeigt. Schuld daran ist einzig – oder sagen wir, meistens – das verminderte Testosteron. Stellt euch vor, mein Mann meinte kürzlich, wir sollten nicht mit dem Auto in die Stadt fahren, weil er vielleicht keinen Parkplatz fände, in den er gut einparken könne. Ich habe mir tatsächlich überlegt, ihm ein bisschen von dem Männer-Hormon ins Essen zu geben! Als nächstes schließt er das Haus von innen und für uns alle eine Handy-Diebstahl-Versicherung ab!»

«Wisst Ihr, wo ich mir neulich meine ganze Lebensgeschichte von der Seele geredet habe?», fragte die Frau am oberen Tischende, ohne eine Antwort abzuwarten. «Ich war alleine in der Stadt, habe noch etwas gegessen und bin dann ohne Ziel und ohne Plan und ohne Vorahnung in die Savoy Bar beim Paradeplatz gegangen. Der Pianospieler war ein älterer Herr, der gebrochen deutsch sprach und sich in seinen Pausen zu mir setzte und Mineralwasser mit Eis und Zitrone trank. Ich tat es ihm gleich. Ich trank – in den Pausen – auch Wasser. Ansonsten bestellte ich einen Gin Tonic nach dem anderen. Und zwar mit einem Gin aus pinienartigem Wacholder aus den schottischen Highlands. Mit jedem Schluck dünkte mich die bittere Note – jene des Gins meine ich – noch besser. Und stellt euch vor, obwohl ich diesen Mann gar nicht kannte, erzählte ich ihm meine Geschichte. Schonungslos und ehrlich. Ich glaub sogar, ehrlicher und detaillierter, als wenn ich mit euch reden würde. Distanz bringt zwar nicht unbedingt Vertrauen, aber Unverbindlichkeit. Und dadurch hat es etwas Pauschales. Als ob ich über irgendwen berichten würde und gar nicht über mich selbst.»

Sie machte eine kurze Pause, bevor sie weitersprach: «Erstaunlicherweise fand ich meine Ausführungen an einzelnen Stellen sogar richtig aufregend. Beispielsweise als ich ihm erzählte, was ich wirklich mache, wenn ich alleine zu Hause bin!»

Sie blickte auf und lächelte geheimnisvoll in die Runde. «Oder dass die vielbesagte Liebe auf den ersten Blick mit meinem Mann über all die Jahre etwas schöngeredet wurde. Selbstverständlich von mir.

Oder dass ich mit weniger als einer Handvoll Männern geschlafen habe. Aber was heißt schon ‹Männern›? Die Mehrheit davon war ja zum Zeitpunkt kaum volljährig. Dass ich mir manchmal wünschte, von meinen ungestillten Sehnsüchten befreit, statt übermäßig materiell beschenkt zu werden. Oder ich erzählte ihm von all den Dingen, vor denen ich mich fürchte. Auch wenn ich mal gelesen habe, dass achtundneunzig Prozent von allem, wovor wir Angst haben, niemals eintreffen wird.

Ich gestand ihm, dass ich mich manchmal zu Tode langweile, wenn die Kinder für ein paar Tage außer Haus sind. Und ich mich dann frage, ob mich das Nichtstun vielleicht mehr erschöpft, als etwas zu unternehmen.»

«Und was hat der Pianospieler zu deinen Erzählungen gesagt?», fragte Rose.

«Nun, er war ein guter Zuhörer. Ganz ehrlich? Gesagt hat er nicht viel. Sein Deutsch war sehr gebrochen; ich bin mir gar nicht sicher, ob er mich überhaupt verstanden hat!»

Die Frauen mussten alle lachen. Dann fuhr sie fort: «Als ich die Bar lange nach Mitternacht verließ, spürte ich einen feinen Nieselregen im Gesicht. Es war genau das, was ich in diesem Moment brauchte. Etwas Wahrhaftiges und doch etwas so Feines. Während ich durch die verlassenen Gassen der Altstadt schlenderte, stieg plötzlich eine Traurigkeit in mir auf, die unmöglich nur vom Alkohol herrühren konnte.

Es waren meine Gedanken, bei denen ich mich fragte, ob ich eigentlich die Bilder liebe, die ich mir von meiner Ehe und von meinem Mann gemacht habe. Die Bilder. Und nicht ihn!»

Es entstand eine kurze Pause. Celine blickte auf, strich sich ihr Haar zurück und schien von dem Gedanken über die Bilder berührt zu sein: «Ja, das ist eine interessante und tiefschürfende Frage. Mich beschäftigt, wie wir uns öffnen können für unsere kleinen und großen Welten, und zwar jenseits der Bilder, die wir uns von ihnen gemacht haben. Unsere eigene Realität zerbricht doch immer wieder die Illusion und zerstört die Bilder, die wir uns so schön zurechtgelegt haben!»

Die Frau, die Celine gegenübersaß, seufzte kaum hörbar: «Mir ist aufgefallen, dass ich in meinen Erzählungen und vor allem auch bei der Beschreibung meines Mannes oft – oder fast immer – ein Wort zu viel verwende!»

«Ich weiß, welches Wort du meinst», sagte Rose, «ich wette mit dir um Andreas schönes Haus mit Garten!» Die anderen Frauen schauten sie verblüfft an. «Andreas Haus mit Garten? Das gehört dir ja gar nicht.»

«Egal, also top, die Wette gilt!», sagte Anna. «Es ist ein Wort, das mit e beginnt.» Rose versuchte, die Spannung hochzuhalten, weil ja nicht wenig auf dem Spiel stand. «Eigentlich! Aber das ist doch kein Problem, ersetze es einfach.»

«Womit denn?» Sie hob fast ein wenig ratlos ihre Schultern: «Wie gerne würde ich es ersetzen – durch wirklich». Einen Augenblick lang war es still, aber wirklich still. Man hätte sogar den Tisch atmen hören, wenn man genau hingehört hätte.

Männer, die Blumen schenken

Doch es gab eine Frau, die hielt diesen ehrlichen Worten mit einer Geschichte stand. Sie nahm einen Schluck Prosecco, bevor sie mit ihrer Erzählung begann.

«Als wir letztens zusammen ein Wochenende in Norditalien verbracht haben, fragte ich meinen Mann am Abend im kleinen Whirlpool – in dem genau genommen Platz für zwei Personen war mit Blick auf die Alpen –, ob wohl unsere Vorfahren je einen solchen Moment erlebt hätten. Einen Moment, in dem man das Gefühl hätte, alles sei im Gleichgewicht. Und man voll dieses Gefühls und voll dieses Glücks sei, sich vollends zu Hause zu fühlen. Er antwortete: ‹Ich glaube nicht, und ich glaube, sie haben es auch nicht vermisst. Denn sie haben es gar nicht gekannt. Sie hatten nicht diese Ansprüche.› Er machte eine kurze Pause, strich meine nassen Haare zurück und fuhr fort: ‹Die Frauen von früher wussten vielleicht nichts über erneuerbare Energien und Fake News. Sie fuhren auch nicht mit SUVs zum Einkaufen, sondern, wenn überhaupt, einmal monatlich mit ihrem Cabrio – einer simplen Kutsche – zu Verwandten, um sich übers Wetter, die Ernte und die Nachbarn auszutauschen. Sie hatten starke Oberarme, versteckten ihre Haare unter einem hinten gebundenen Kopftuch und kleideten sich praktisch für den Alltag auf dem Gehöft. Manche beneideten die Frau Pfarrer oder die Frau Doktor, weil diese Frauen ihnen vornehmer, gebildeter und bedeutsamer schienen. Das Streben nach Glück war nicht das höchste Ideal ihrer Zeit; weder lebten sie in einer Welt des Komforts, der Schmerzvermeidung, der Ablenkung, der künstlichen Verknappung noch in einer Welt der Unterhaltung. Sie lagen nachts lange neben ihrem schnarchenden und leicht nach Schweiß und Stall riechenden Mann wach und fragten sich, nachdem ihr kleiner Sohn am plötzlichen Kindstod gestorben war, ob sie je in ihrem Leben wieder aus der Einsamkeit herausfinden würden. Ob je jemand im bunten Menschengewimmel vor der Kirche am Sonntag nach dem Gottesdienst ihre Verlorenheit spüren würde. Ob je ihr Mann sie begehren, ihnen Blumen schenken oder sie fragen würde, wie es ihnen eigentlich gehe. Ob je ihr Mann sie sanft über den Kopf streichen und ihnen wohlwollende Worte zusprechen würde. Und nachts beantwortet die akut über sie kommende Müdigkeit all ihre Fragen mit einem tiefen Schlaf. Wenigstens bis zur nächsten Nacht, in der ihre Fragen und die Gerüche ihrer Männer dieselben blieben.› Worauf ich sagte: ‹Ich liebe dich für diese Gedanken. Und ich befürchte, ich muss dir eine Geschichte über meine Großmutter erzählen.› ‹Da bin ich gespannt›, sagte er, schloss seine Augen und machte es sich im warmen Whirlpool bequem. ‹Meine Großmutter musste kurz nach dem Krieg heiraten. In schwarz. Weil ihre Mutter fand, es sei eine Schande, nicht unbefleckt in eine Ehe zu gehen. Meine Groß-mutter setzte sich dann – erstaunlicherweise mit Unterstützung ihrer eigenen Großmutter – durch, wenigstens eine Tracht tragen zu dürfen. So schau-te ich später immer, wenn ich bei ihr in der Stube saß, auf dieses Hochzeitsfoto. Beide lächelten zag-haft. Ich fragte mich glaub ich jedes Mal, was meine Großmutter in diesem Moment wohl gedacht hatte. Welche Wünsche und Erwartungen sie an diese Ehe gehabt hatte. Ehrlich gesagt, ich vermute, gar keine. Weder Wünsche noch Erwartungen. Es war das Le-ben, und schlussendlich Gott, der einem diese Mo-mente bescherte. Gesunde Kinder, die auf dem Hof mithelfen mussten. Eine gute Ernte. Ein Volkstanz auf dem Dorffest. Oder ein netter Schwatz mit der Nachbarin und mit der Frau, die im Trachtenchor neben ihr sang. Ein blühender Blumengarten. Und Enkel, die unter dem Apfelbaum vor dem Haus im Kinderwagen schliefen. Mir ging oft durch den Kopf, was sie wohl dachte, wenn sie abends ihre Schürze abnahm, in den Spiegel blickte und ihre Haare zurückkämmte, bevor sie ins eigene Bett neben ihren Mann kroch. ‹Nie im Streit einschlafen›, hat sie immer zu mir gesagt. Aber einmal – ich hatte schon eigene Kinder – saßen wir gemeinsam oberhalb des Nussbaums vor ihrem Hof im Zürcher Oberland auf einer Holzbank. Sie hatte ihren ersten Urenkel auf ihren Knien, schaute mit einem Blick, den ich bei ihr nicht kannte, in die Ferne und sagte: ‹Ich möchte dir etwas erzählen.›»

Anna schaute in die Runde und meinte: «Wenn ich das Leben meiner Großeltern anschaue, dann gab es eine klare Rollenverteilung und dadurch natürlich auch eine große gegenseitige Abhängigkeit. Trotzdem frage ich mich manchmal, ob unsere Großmütter im Grunde nicht autonomer waren als wir heute!»

«Meinst du, weil sie keine Erwartungen hatten? Oder zumindest keine überhöhten?», fragte Andrea. Anna nickte: «Ja, genau. Quasi die Autonomie – und sicherlich auch die Dankbarkeit – als Gegenspielerin der Erwartung!» Ella stimmte diesen Überlegungen zu: «Ich bin mir sicher, dass zumindest meine Großmutter nicht diese romantische Vorstellung hatte, auf Händen getragen zu werden oder dass ihr Gatte in der Lage war, sie zu jeder Uhrzeit und in jeder Lage glücklich zu machen.» Heather meldete sich auch zu Wort: «Ich frage mich zuweilen, ob unsere Großmütter manchmal nachts, wenn sie nicht schlafen konnten, von dieser fiesen

Frage heimgesucht wurden, ob das jetzt schon alles war!» Die Frauen lachten unbeschwert, und Maude erhob ihr Glas: «Auf all unsere Großmütter, ohne die heute keine von uns da wäre! Und das wäre doch wirklich sehr schade!» Dann wollte sie unbedingt wissen, wie die Geschichte denn weiterginge.

«Meine Großmutter sagte: ‹Ich möchte diese Geschichte nicht mit mir ins Grab nehmen. Vielleicht kannst du sie ja mal aufschreiben!› Sie blickte ihre Enkelin mit einem Augenzwinkern liebevoll an, strich ihr übers Gesicht, wie sie das früher immer getan hatte, und begann zu erzählen: ‹Deinen Großvater und mich verband unsere gemeinsame Arbeit auf dem Hof, unsere Familie und die Freuden und Sorgen im Alltag, wie wir ihn Mitte des 20. Jahrhunderts kannten. Ich habe ihn auf eine stille – du würdest vielleicht sagen, auf eine altmodische – Art und Weise geliebt. Das wusste ich seinerzeit, und das weiß ich auch heute noch. Er war ein guter Mann. Und er war gut zu mir.› Sie machte eine kurze Pause. ‹Werner war jemand ganz anderes. Ich habe nie wieder jemanden wie ihn getroffen. Seine Initialen waren W.E.L., wobei ich eigentlich nie wusste, wofür das E stand. Vielleicht Erich›, mutmaßte sie. ‹Oder Ernst?›, meinte ich, aber da winkte sie ab und begann, mit ihrem Enkel Hoppe hoppe Reiter zu spielen. ‹Wo war ich stehen geblieben?›, fragte sie mich anschließend und ärgerte sich ein wenig, dass sie den Faden verloren hatte. Sie gab dem Alter dafür die Schuld. Und dem Wetterwechsel, der in den Nachrichten angekündigt worden war, den sie aber – wie immer – bereits in allen Knochen spürte. ‹Ach ja, bei seinem Namen. Aber eigentlich spielt es ja auch keine Rolle. Doch, es spielt eine Rolle. Er mochte es nämlich sehr, wenn ich ihn Werner – und nicht wie alle anderen Werni – nannte. Solch kleine Dinge bemerkte und schätzte er. Das war ungewöhnlich zu dieser Zeit. Für einen Mann, meine ich. Ich möchte ihn dir jetzt gerne beschreiben, doch es wird für dich unmöglich sein, ihn zu verstehen. Du hättest in seiner Nähe sein sollen, um ihn zu beobachten – wie er sprach, wie er sich bewegte, wie er lachte und vor allem, wie er musizierte. Er hatte im Nachbardorf einen kleinen Laden mit Musikinstrumenten. Abends unterrichtete er seine Schüler im Zimmer oberhalb. Manchmal sprang er sogar für den Dirigenten im Trachtenchor ein und leitete uns Frauen an, den richtigen Ton zu finden. Zu den Musikern sagte er oft: ‹Spielt die Pausen!› Ehrlich gesagt wusste ich nie genau, was er damit gemeint hatte.

Stell ihn dir bitte nicht als Schürzenjäger vor, der naive Landmädchen wie mich ausnutzte. So einer war er nicht. Er war eher schüchtern, dafür aber mit einer Freundlichkeit und mit einer Wärme gesegnet, die man früher bei Männern eher selten antraf. Vielleicht ist das bei den heutigen Männern anders; so genau kenne ich mich da nicht aus. Werner war Witwer und hatte zwei Töchter zu versorgen. Ich traf ihn das erste Mal, als ich unsere Jüngste, es war Vreneli, bei ihm vom Flötenunterricht abholte. Ich erinnere mich genau, wie er sie aufgefordert hatte, den Flötenputzer nicht zu vergessen und ihn fein säuberlich zu versorgen. Er tat dies nicht mit derselben Strenge, die man in diesen Jahren sonst überall antraf. Mir gab er die Hand und rühmte Vreneli für ihre Begeisterung und Ausdauer. ‹Es scheint, dass sie das nicht gestohlen hat!›, fügte er mit einem Lächeln an. Von diesem Moment an wusste ich, dass mein allerletzter Gedanke ihm gelten würde. Und das hat sich bis heute nicht geändert. Stell dir vor, einmal hat er mich ins Lunchkino eingeladen. Das muss 1965 gewesen sein. Kurz nachdem das Kino auch über Mittag die Türen für seine Besucher öffnete. Ich suchte tausend Ausreden, weshalb das nicht ginge. Worauf er meine Hand nahm und mich fragte, was ich heute Morgen gemacht hätte. Ich sagte: ‹Ich bin um fünf Uhr fünfzehn aufgestanden, um Feuer im Ofen zu machen, sodass es in der Küche und in der Stube etwas angenehmer wäre. Dann habe ich auf dem Holzofen Kartoffeln gekocht und daraus eine Rösti gemacht für die Männer, die aus dem Stall kamen. Dann habe ich …›

Er legte sachte seinen Finger auf meinen Mund und sagte einfach: ‹Ich warte morgen um elf beim Bahnhof auf dich.› Und so ging ich zum ersten Mal überhaupt in ein Lunchkino. Der Film dauerte über drei Stunden. *Doktor Schiwago.* Ich kann dir nicht mal genau sagen, wie ich mich fühlte, als ich am Morgen das Haus in meinen Sonntagskleidern verließ und mit dem Fahrrad zum Bahnhof fuhr. Zu Hause sagte ich, ich müsste zum Arzt. Sicherlich war ich nervös. Sicherlich war ich voller Vorfreude. Man sagt, Vorfreude sei die schönste Freude. Ich weiß nicht, ob das stimmt. Mit Werner hielt die Vorfreude stets, was sie versprach. Ich denke, er war es, der von Anfang an verstand und in Worte fassen konnte, was uns miteinander verband. Aber für ihn war es ja auch viel einfacher. Er war ungebunden.› Ein feiner Wind zog auf, und sie band ihrem Enkel einen Schal um, bevor sie fortfuhr: ‹Die Kinder denken gerne über ihre eigenen Eltern – geschweige denn über ihre Großeltern – sie wären asexuell. Aber natürlich sind sie das nicht. Das wissen wir beide›, sie stieß mich in die Rippe und lachte verlegen. ‹Ich hoffe trotzdem, meine nächsten Worte schockieren dich nicht. Bevor ich Werner kennenlernte, verstand ich nicht viel vom weiblichen Körper, obwohl ich fünf Kinder zur Welt gebracht hatte. Ich wusste nicht mal, dass ich eine Klitoris habe. Kannst du dir das vorstellen?› Offensichtlich galt diese Frage mir, obwohl sie mich nicht direkt anschaute. Ich hob die Schultern und wusste – wie so oft – nichts zu erwidern. Was sagt man, wenn einem die eigene Großmutter solche Dinge erzählt?

‹Aber es war nicht nur dieses unglaublich kraftvolle Liebesspiel, das mich irgendwie gleichzeitig hilflos und stark machte. Nein, es war sein Umgang mit mir und dem Leben generell. Wenn ich bei ihm war, stellte er das Transistorradio an und forderte mich zum Tanz auf. Er wusste, dass ich fürs Leben gerne tanzte und sang. Oder er nahm meine Hände in seine und küsste jeden meiner Finger. Oder er zündete – außerhalb der Adventszeit – einfach eine Kerze in der Küche an und sagte, wir sollten jetzt gemeinsam den besten Goldmelissen-Sirup probieren, den ich für ihn mit den letzten Blüten gemacht hatte. Oder er schnitt Blumen in seinem Garten ab und schenkte sie mir. Solche Dinge halt. Das mag für dich jetzt nicht großartig klingen, aber …›

‹Doch, Grosi. Doch, Grosi›, ich legte ihr den Arm um die Schultern und spürte ein kleines Kräuseln im Hals und ein paar Tränen im Gesicht. Und als mein Sohn auf ihrem Schoß zurückschaute und uns beide ansah, war das wohl einer der schönsten Momente, die ich mit meiner Großmutter erlebt habe. Und ich habe viele schöne Momente mit ihr erlebt: Das gemeinsame Abwaschen in der Küche, das Brotbacken mit der großen Mulde, meine ersten Reitversuche, ihre Apfelküchlein, immer wieder ihre Apfelküchlein, ihr Vaterunser vor dem Einschlafen, den Bananensplit am Sonntagabend im Restaurant Rosengarten in Gossau. Und während all dem wusste ich nicht, wer sie auch noch war. Außerhalb ihres Lebens, das wir kannten. Sie nahm meine Hand: ‹Glaub mir, die ganze Zeit über habe ich nie die Gefühle für deinen Großvater und die Kinder verloren. Hätte ich vielleicht für einen langen Moment nur an mich selbst gedacht, bin ich mir nicht sicher, ob ich die richtige Entscheidung getroffen habe. Aber angesichts der Familie bin ich mir – sagen wir – ziemlich sicher, dass ich es getan habe. Werner ist früh gestorben. Mein Herz war gebrochen. Aber nicht nur gebrochen. Es war auch voll. Und so entschied ich mich, aus dieser Fülle zu leben. Weiterzuleben. Immer weiter. Einfach so, als wäre er noch da. Ich glaube, dein Großvater wusste, dass es etwas in mir gab, das er nicht erreichen konnte. Kurz bevor er starb, saß ich neben ihm an seinem Krankenbett in unserer Stube. Der Kachelofen verbreitete eine angenehme Wärme, und ich hatte ein paar Kirschkernkissen bereitgelegt, die seine immer so kalten Füße etwas aufwärmen sollten. Da nahm er meine Hand und sagte zu mir: ‹Ich weiß, du hast deine eigenen Träume gehabt. Es tut mir leid, dass ich sie dir nicht erfüllen konnte.› Das war wahrscheinlich der berührendste Moment unserer Ehe. Und jetzt lass uns gehen›, sagte sie. ‹Ich werde Kakao für uns kochen. Weißt du noch, wie du früher am Morgen jeweils die volle, warme Schale genommen hast, um dahinter deine zittern-den Lippen zu verstecken? Als ob du vor mir dein Heimweh verbergen wolltest. Dabei kannte ich es doch so gut. Das Heimweh. Und wie es sich an-fühlt, es zu verstecken. Jeden neuen Tag.›»

Wirklich gut

Der Wind wurde kühler, die Luft feuchter, das Klirren der Gläser seltener und die Stimmen leiser. Monika schnäuzte sich die Nase und Anna wischte sich eine Träne ab. Sie hatte früher mal ein Buch auf Englisch gelesen, in dem nicht von Tränen die Rede war, sondern von *Sadwater.* Dieses eine Wort hatte sie sehr berührt, damals, als sie noch Arafat-Tücher um den Hals getragen und sich gefragt hatte, ob es denn eigentlich auch *Joywater* gebe. Solchen Gedankenspielen war sie ganze Nachmittage lang nachgehängt, erwartungslos auf dem Bett liegend und an die Zimmerdecke starrend.

Am Kopfende des Tisches leuchtete Andreas Display auf. Sofort stand sie auf und machte lächelnd ein paar Schritte in den Garten hinaus, während JJ begann, die Tassen und Teller zusammenzustellen. Sie machte sich gern nützlich, ohnehin, wenn sich ein kleines Kräuseln im Hals bemerkbar machte. Nera zerrte an der Leine, die um den Stuhl gebunden war, und rüttelte Maude aus ihrer Versunkenheit auf. Sie hob den Saum des Tischtuchs, tätschelte ihren Rücken und beschwichtigte den Hund mit Tönen, die nur die beiden kannten. Celine wünschte sich, es würde nach dem ersten Grasschnitt oder nach Abendregen auf heißem Asphalt duften. Damit sie sich zurückversetzt fühlen könnte in die endlosen Sommer ihrer Kindheit. Claudia half selten beim Aufräumen. Sie saß mit angewinkelten Beinen auf ihrem Stuhl, beobachtete still, wie sich Ella, Rose, Anita und Heather miteinander unterhielten, und fragte sich, ob vielleicht der Zusammenklang der Frauen auf deren Gegensätzlichkeiten beruhte. Annika, die den Buchclub ins Leben gerufen hatte, nahm das Buch in die Hand, roch daran und steckte es zufrieden in ihre Handtasche. Der *Kuss* würde sie auf dem Heimweg begleiten. Und hoffentlich auch noch zu später Stunde im Schlafzimmer.

Erika kam aus der Küche zurück, legte das Geschirrspültuch auf den Tisch und setzte sich neben ihre Tochter. «Eigentlich sollte ich beim Aufräumen mithelfen!», sagte sie zu ihrer Mutter. Erika berührte Claudias Schultern, gab ihr einen Wangenkuss und flüsterte ihr etwas ins Ohr.

Claudia schaute sie an und lachte: «Wirklich gut, Mama!»

edition Maulhelden

Die *Edition Maulhelden* setzt sich für die nachhaltige Produktion ihrer Bücher und die achtsame Verwendung der Ressourcen ein.

Wenn Sie eine Vorzugsausgabe dieses Buches, ein signiertes Exemplar für Sie selbst oder als Geschenk für eine Freundin möchten, schreiben oder telefonieren Sie uns. Gern erfüllen wir Ihre Wünsche. Mit unserem Newsletter informieren wir regelmäßig über unser Programm.

www.editionmaulhelden.com

№ 1 **Lydias Fest** zu Gottfried Kellers Geburtstag. 2019. ISBN: 978-3-907248-00-3

№ 2 **Frisch auf den Tisch.** Leckerbissen der Weltliteratur. 2020. ISBN: 978-3-907248-01-0

№ 3 **Alfonsina Storni: Chica.** Kleines für die Frau. Herausgegeben, übersetzt und mit einem Nachwort von Hildegard E. Keller. Geleitwort von Georg Kohler. 2021. ISBN: 978-3-907248-03-4

№ 4 **Alfonsina Storni: Cuca.** Geschichten. Herausgegeben, übersetzt und mit einem Nachwort von Hildegard E. Keller. Geleitwort von Elke Heidenreich. 2021. ISBN: 978-3-907248-04-1

Nº 5 **Hildegard E. Keller: Wach.** Die Biografie der
Alfonsina Storni, Teil I. 2024. ISBN: 978-3-907248-05-8

Nº 6 **Hildegard E. Keller: Frei.** Die Biografie der
Alfonsina Storni, Teil II. 2024. ISBN: 978-3-907248-06-5

Nº 7 **Alfonsina Storni: Cardo.** Interviews & Briefe.
Herausgegeben, übersetzt und mit einem Nachwort von
Hildegard E. Keller. Geleitwort von Denise Tonella.
2021. ISBN: 978-3-907248-07-2

Nº 8 **Alfonsina Storni: Cimbelina.** Theaterstücke.
Herausgegeben, übersetzt und mit einem Nachwort
von Hildegard E. Keller. Geleitwort von Daniele Finzi
Pasca. 2021. ISBN: 978-3-907248-08-9

Nº 9 **Alfonsina Storni: Ultrafantasía.**
Lieblingsgedichte. Handverlesen, übersetzt, illustriert
und mit einem Nachwort von Hildegard E. Keller.
2022. ISBN: 978-3-907248-10-2

Nº 10 **Cornelia Roffler: Eigentlich gut.** Geschichten.
2024. ISBN: 978-3-907248-11-9

Nº 11 **Christof Burkard: Starkstrom.** Kriminalroman.
2024. ISBN: 978-3-907248-12-6

ISBN 978-3-907248-11-9

Cover: Hildegard E. Keller unter Verwendung eines Fotos
von Salome Bänziger
Lektorat: Stefan Jäger
Satz: Linus Hunkeler

Druck: Friedrich Pustet GmbH & Co. KG
www.editionmaulhelden.com

Weitere Informationen: www.climatepartner.com
Gedruckt auf säurefreiem und chlorfrei gebleichtem Papier.